走進

「深度討論」的國文課堂

黃子純、謝秀卉 主編

五南圖書出版公司 印行

序
你的問題從哪來？

　　問問題並沒有想像的容易。

　　許多人有一個誤解，臺灣學生在課堂上不愛發言，也不喜歡提問，原因是從小在學校接受灌輸式的教育，也就是老師講，學生記，通過記誦標準答案來應付考試，加上東方式的權威家長制，造成學生從小習慣於默守在自己的小世界裡，謹言慎行。然後看到西方教室，學生踴躍發言，熱烈討論，就不禁感嘆我們的教育落後於西方，無法造就思想靈活、充滿創意並勇於挑戰權威的下一代。

　　這種想法固然不能說完全不對，但僅看到事情表面。學生能產生自己的意見，或針對議題提出敏銳的問題來引導思考，並不是從小在教室裡常常勇於發言或進行小組討論就能有所培養，試想一群四年級的小學生，分組自行討論「人是否能自由決定自己的行為」或「吃素有比吃葷更具道德嗎」，一節課下來，也不容易得到什麼突破性的見解。

　　真正有意義的討論或提問需要學習。無論是思考方法、基礎知識這些層面，還包括意見衝突發生時的情緒如何處理、態度怎麼應對；甚至如何將問題在未來的人生中與其他問題連結、互動，而形成新的智慧。因此，在課室中的提問學習，不是讀完文本就開始直接討論，也不是憑空漫談，突發奇想。真正的提問學習，是透過一套循序漸進的設計，漸進引導，反覆辨析，不斷整理歸納，並調動原有知識和隨時檢索資訊，才能慢慢從直觀式的反射，臻於對世界的新思考。因此，「問問題」，並不是「什麼」、「為什麼」、「怎麼」、「然後呢」這些語詞的堆疊，而是在文本的體系外另有一套邏輯思維，也包括價值觀和哲學原理，然後碰撞文本或議題，挑戰既有結論，在碎裂之中重新組合，達到原先沒有意識到的思維層次。

　　師大是師資培育重鎮，如果師大的學生，能夠學習一套提問的方法，建立以「問題意識」為主的思維模式，未來回饋於教育體系，那將是何等重要的教育資產？即使不以教育為未來生涯規劃的學生，在這種訓練中，未來遇到任何問題，都能以多層次的提問代替直覺式的標準解答，那麼無論是學術研究、新聞媒體、廣告傳播、商業行銷、人力資源或運動藝術之經營等，都能產生與眾不同的視野。

　　一個十四歲的孩子試卷總是一片空白，這時你身為老師，應該問他什麼：「你為什麼都不會寫呢？」還是：「昨天晚上誰和你一起吃晚餐？」本季銷售量下滑，作為專業經理人，應該問：「是我們價格訂得太高了嗎？」還是：「我們的客戶在採購我們的商品時，還另外買了什麼？」不同的問題，不同的思考，師大想要我們的學生對現象有更多不同的提問。

　　因此，我們在大一國文課程的規劃上，更側重「閱讀、思辨、表達」這些未來能力的培養。這幾年，教師們兢兢業業，透過集體合作，在相互觀摩學習、研討互動中，研發了一些相當具有創意的教材，現在即將出版。我一方面為我們親手實驗教育改革而感到振奮；另一方面，也為這群待遇微薄卻貢獻良多的老師感到驕傲。他們勇於走出傳統，學習新的教學觀念，不將自己珍貴的課程開發視為私產而願意奉獻出來，這種品格與能力，熱情與開放，其實本身就是一部最感人的勵志故事。

　　走進「深度討論」的國文課堂，你將看到不一樣的大學教育風貌。師大的教學改革，不是為爭取經費憑空創作出來的囈語，而是一條通過理論、實踐與不斷修正而逐步呈現成果的艱苦道路。感謝所有參與的老師、同學；也感謝師大充分的授權和支持，「大哉乾坤內，吾道長悠悠」，願我們一起並肩走下去。

徐國能

臺灣師範大學國文系教授

前言

讀—思—問—辯—寫～
國文課的破關之旅

　　臺灣師範大學借鑑美國賓州大學莫菲教授（P. Karen Murphy）深度討論教學法，實施於大一國文教學，在課程規劃上，鼓勵教師施行由學生主導的討論課程，旨在藉由小組成員的談話與討論，增進學生高層次理解（high-level comprehension）以及對文本、議題進行批判性分析思考（critical-analytic thinking）的能力。莫菲教授將有助學生高層次理解的問題類型，稱為「求知型問題」（Authentic Question），以此有別於促進基礎理解能力（basic comprehension）的「測試型問題」（Test Question）。「測試型問題」通常有固定或單一的答案，而深度討論教學法的精髓在於運用「求知型問題」，使小組成員間的對話交流持續發生，而在開放的討論中深化思考與表達能力。而「求知型問題」，再分為「追問型問題」（Uptake Question）、「分析型」（Analysis Question）、「歸納型」（Generalization Question）、「推測型」（Speculation Question），以及「感受型」、「連結型」等問題類型。各問題類型之定義，[1]詳細可參下表所示：

1　問題類型定義詳參陳昭珍：〈導論：深度討論教學法概述〉，收入胡衍南、王世豪主編：《深度討論教學法理論與實踐》（臺北：元照出版社，2020 年），頁 18 所編整之「表 3 六種類型問題的定義及其例子」。本書所用之問題類型定義，參照此文，中譯文字略做調整修正，然大抵不離其所界定。

深度討論（Quality Talk）問題類型	
問題類型	定義
問題類型編碼	測試型問題 TQ、追問型問題 UP、分析型問題 AY、歸納型問題 GE、推測型問題 SQ、感受型問題 AF、連結型問題 CQ
測試型問題 TQ（Test Question）	有固定或單一答案的問題。
追問型問題 UP（Uptake Question）	承續他人意見接著問下去，帶出更多對話的問題。
感受型問題 AF（Affective Question）	閱讀文章後，連結個人生活經驗而提出問題。
推測型問題 SQ（Speculate Question）	閱讀文章後，思考各種可能性而提出問題。
歸納型問題 GE（Generalize Question）	與檢索、擷取文章內容有關的問題。
分析型問題 AY（Analysis Question）	提出帶有個人觀點，同時涉及組織推論文本相關資訊的問題。
連結型問題 CQ（Connection Question）	將文本與既有知識、其他文本或上次討論進行連結而提出問題。

　　針對問題回應的類型，莫菲教授亦提出「個人回應」（Individual Responses）、「共同回應」（Co-constructed Responses）兩類，再分前者為「詳細解釋」（Elaborated Explanation），後者則分為「探索性談話」（Exploratory Talk）、「累積性談話」（Cumulative Talk）兩類。個人回應指的是由「個人獨自組織一有特定觀點的陳述，並且要包含至少兩項的證據（如理由或證明）」，「探索性談話」則發生在「學生分享、評估與建構知識，由小組內部成員至少三次以上的輪番討論後，學生藉著反駁他人或以理由與證據回應，形成小組成員集體討論意見。」另外尚有「累積

性談話」，這是學生藉由輪番討論，以明確但不帶批判性方式提出問題回應，此類討論較少出現反駁或異議。在深度討論中，教師的角色及任務是「總結」、「示範」、「評分」、「促進發言」、「標記」、「挑戰」「參與」。這指的是：

> 總結：統整哪些觀點已經被提出
>
> 示範：要說某些話或做某些事前，明確指出將要做的事。
>
> 促進發言：讚美某個特別的討論觀點，鼓勵發言。
>
> 標記：鼓勵學生針對某個回應去思考探討
>
> 挑戰：要求某一學生或小組從另一觀點思考
>
> 參與：教師加入討論，能傾聽思考學生意見，並分享自我觀點。[2]

可知教師是輔助者與引導者，旨在幫助小組成員學習提問與討論，使問答不流於漫談或失焦，討論有重心，層層深入，聽懂他人所言，亦能清楚條陳己見。莫菲教授在 *Classroom Discussions in Education* 曾歸納出五點教學原則：㈠「運用語言作為思考的工具」[3]。㈡「建立規範論述的期待」以及「對話回應」之原則[4]。㈢教師本身應該「促進討論」並且「協調整合討論的回應」[5]。㈣教師確保討論內容「含有要旨並且清楚明晰」[6]。㈤教師要擁有「接納各種差異性討論的度量」[7]。當學生逐漸習慣討論模式後，就把學習主導權交還給學生。這也就是說，透過深度討論，讓學生逐漸習慣思考、對話、論辯、提問、回答，經由反覆練習，逐漸深化增益自我在

2　同上注，頁 20。

3　P. Karen Murphy, *Classroom Discussions in Education* (New York and London: Routledge Taylor & Group, 2018), pp. 122.

4　同前注，頁 123。

5　同前注，頁 124。

6　同前注，頁 125。

7　同前注，頁 125-126。

閱讀思辨、口語表達及書面寫作等面向的能力。由是，此類教學法之核心在於：在實際教學現場，教師的講述、引導與回饋，皆以能夠在課堂中形成由學生主導的討論群體，使討論本身成為思考的工具（talk as a tool for thinking and interthinking）為其核心教學目的，學生的提問與回答成為學習重要環節。臺灣師範大學教務長陳昭珍教授在〈導論：深度討論教學法概述〉即曾歸納道：

> QT 教學最主要的精神，乃在以「語言」作為思考與交互思考旳工具，學生透過談論可以組織想法，並提出有證據支持的論點、分享資訊，以及參與知識建構。因此，其內涵包括對語言的掌握及任何有助於營造對話式學習氣氛的元素，例如選擇有趣的文本、學生熟悉的主題、制定討論基本原則、循序漸進地將引導討論的責任轉移至學生身上等。[8]

由是，教師不再只是單純的講授者，同時他還像是討論課的場邊教練。身處這個以學生「討論」為中心的課堂時，他必須善用各種能營造「對話式學習氣氛」的元素，包含「有趣的文本」、「熟悉的主題」、「討論基本原則」的制定等，最終以讓學生能在異質性能力分組中，展開一連串有「品質」（Quality）的「對話」為最高目標。藉著說話、對談、論辯，學生一方面學習組織與傳遞自我對特定文本或議題的想法，另一方面能夠換位思考，理解他人的觀點與詮釋。而此一教學法，不僅可藉由討論課的思考、口說、書寫等訓練，深化提升學生因應現代社會發展變遷所需之思辨力與表達力，亦能融入包含學術寫作、應用寫作及文學寫作等課程，使學生在討論中展開各類語文實作練習，進而逐步掌握熟悉相應語文類型的風格及寫作觀念、技術方法與規約原則。

8　同注 1，頁 19。

　　本書所收十三篇教學設計皆以營造國文討論課情境及引導閱讀思辯為中心，帶領同學從文本出發，深思生命裡的各種困惑，涵養出探究真理所需之知識、技能與態度，最終能強化批判思考、情感同理、溝通表達等素養，各篇內容皆是作者對「深度討論教學法」之理解與應用所產出的國文教學設計，並經審查修訂，每篇具體包含教學目標、討論課流程、執行細節說明、問題類型應用、學習單設計、教學效益評估等項目。又因個別教師的研究領域、興趣專長及授課經驗，另外展現出國文課堂「對話式學習氣氛」的多元風貌。以下簡要說明各篇課程設計之焦點。

　　有關現代文學或文化討論者計有如下：

　　楊素梅老師〈**雌雄莫辨——平路〈服裝的性別辯證〉的深度閱讀與討論**〉，以服裝背後蘊涵的性別意識、象徵與認同等文化意涵為討論焦點。老師扮演講授者、引導者與分析評論者，帶領學生從凝視與解釋自我的穿衣風格開始，思索服裝如何呈現個人風格，接續更引入性別議題相關影片與時事的討論。本課程之設計雖涉及社會科學面向的知識，然而更重要的，在使學生能夠對今日社會現象多些關注與省思，於不疑處能有疑，於習焉不察處，見其特殊性。在分組討論與組際交叉問答中，學生不僅能夠探討時事議題背後的社會文化意義，亦可進一步理解文化意涵詮釋的多元面向。由此掌握與了解自我在整體歷史社會情境所居之位置及隨此而來的生命價值與存在意義。

　　陳冠薇老師〈**什麼是「真的」？吳明益〈天橋上的魔術師〉的深度討論與閱讀**〉，以這篇具有魔幻色彩的文本，引領學生從對自我的認識出發，從自身的生命經驗探照問題——自我、存在與「什麼是真實」。教師捨棄傳統國文課「拆解文本、解析文意」的過程，而改以深度討論的方式進行文本細讀，並且輔以情境式閱讀——學生從自己的視角重述人物的故事（人物小傳），透過學生的語言模擬角色，能幫助學生對人物心理層面更能感同身受。這個重構的過程使學生能真正進入文本的敘述脈絡之中，並藉由思辨的過程，找到「自我」存在與「他人」連結，產生共情的平衡點。

　　陳守璽老師的〈真實與虛幻的疆界：從《一級玩家》、《攻殼機動隊》深度討論 AI 與虛擬媒介〉，看到網路與生活緊密結合的時代，人們同時扮演真實與虛擬兩個角色。先從一部短片引導——「在社群媒體的我是否真實」開始，在課堂上請學生描繪自己期待的樣貌，帶領學生思考我們在虛擬社群凝視（Gaze）中的自我形塑樣貌究竟是什麼？除了進行小組的深度討論，還運用蘇格拉底式的提問，以及辯論的形式，設計了媒體、上癮的表象層次、感官／感知的根本層次與人的存在的生命層次等三種，教師可依照學生的程度與興趣予不同層次的議題選擇指引。儘管是影視科幻議題，然而同時也可以照見人對物以及自身生命處境的辯證思考。

　　謝嘉文老師〈尋找散文感動力——從「感受」、「思辨」到「表達」〉則跳脫傳統閱讀教學以講授為主的形式，而營造出一感性的課堂氛圍，以影像為輔，導入學習情境而帶入散文閱讀，靈活運用深度討論教學法，引導學生感受散文文字在遣詞造句及語氣騰移轉換所呈現的細膩情感變化。課程設計之特點在於回歸日常生活，讓讀散文成為凝視生命的一種途徑，由此亦召喚出讀者類似的情感、經驗、記憶來到國文課中。從張曉風〈唸你們的名字〉、謝春梅的仁醫故事、連加恩臺大演講，這些作家們的生命風采，就在老師循序漸進的引導中，翩然落入學生的心靈，啟發、感動著十八、九歲的年輕生命，使師生共融於一處「有感思辨」情境。

　　有關古典文學討論者則有如下數篇：

　　陳嘉琪老師〈古代婦女的哀與愁：古詩〈上山採蘼蕪〉的深度閱讀〉則以古詩〈上山採蘼蕪〉與唐人孟郊、張文恭、喬知之所作諸篇展開對讀。透過文本細讀，揭顯出詩中「對話」的弦外之音與語言溝通的藝術。此外，又延伸對照古今，加入性別議題之思考，探討南韓社會對偷拍文化的縱容以及印度法律輕縱謀殺嫌犯所顯現的父權文化下的男性凝視如何詮釋與認識女性。以一首古詩為線，學生可以看見的不只是重逢故夫之織婦的「哀」與「愁」，藉由閱聽古今文本與影像，更確切地說，老師已描繪出一更寬廣的視域，讓學生自由而開放地去感知、思考、討論東方社會在對「愛情」、「婚姻」以及女性角色期待的憧憬、期待下，一種約定俗成

或未曾言明的制約與規範所帶來的正反面文化意義。

　　林盈翔老師所撰〈扣問「自由」：〈逍遙遊〉小大之辯的思考階梯〉，靈活運用 IRE、DM，乃以「逍遙」與「自由」的思辨、詰問與探究為討論主題。課程設計遂以〈逍遙遊〉開篇「北冥有魚」節錄至「此小大之辯也」為講授焦點，藉大小鳥間的對話而讓學生自由地去思考、辯論大鳥與小鳥何者乃真正「逍遙」？此外，又解說「無待逍遙」、「境界逍遙」、「適性逍遙」、「至足逍遙」等逍遙義，以此和學生所提答案相互對話。最末拋出以賽亞・伯林（Isaiah Berlin）的「消極自由」、「積極自由」與康德的「自由即自律」來讓學生思考所謂「自由」的多義性及其他詮釋可能，而讓學生想想自己認定的「逍遙」與「自由」究竟為何。由是，國文課就成為一處師生共同鍛鍊腦力的運動場。

　　林玉玫老師〈如果你是項羽：《史記・項羽本紀》深度討論教學設計〉則讓項羽成為主角，藉著小組討論，思考項羽失敗之因，了解他的行為與決定背後的深衷。課程設計遂邀請學生從文本找證據開始，思辨與立論關於項羽的正反面人格特質，再引導學生深度檢視個人的主觀因素如何左右判斷與評論。學生就似與古人為友，學習近距離觀察項羽，剖析他的優缺點。由此，老師帶領學生展開了一次人類心理與行為關聯性的紙上踏察。老師像是帶路者，追隨的學生們不僅能習得蒐集文獻、查找證據、建立自身觀點、溝通的技巧與方法，更重要的是學習多元與換位思考，反求諸己，鑑照自身生命經驗中某些關鍵事件的取捨抉擇，如何為自己帶來影響或轉變。

　　林佩怡老師〈關於愛情：元雜劇《西廂記・驚艷》深度閱讀與延伸討論〉以貼近學生經驗的愛情題材出發，將傳統戲劇結合情境式閱讀、探索式閱讀及戲劇演出等方式，讓學生進入文本語境。此外也連結莎翁的愛情名劇《羅密歐與茱麗葉》閱讀，使學生可以進行連結型的問題思考，從小組討論辨析情節架構與人物、愛情內涵的深度觀點。課程最後設計了一個活動，如果愛情的最後是走向婚姻，那麼學生對「婚姻」的想像又是什麼？故藉由紀伯倫《先知・婚姻》中的關鍵句進行自由寫作。藉著生活

化、情境化的方式探索數篇經典，引發學生閱讀動機到願意走入文本，更能檢視在不同文化視角中愛情的不同面貌，使學生在面對愛情課題上有更多的理解與包容。

　　吳翊良老師〈兩難情境——以《紅樓夢》中的襲人為例〉營造了一極生活化的討論情境，帶領學生閱讀《紅樓夢》。聚焦生命中的兩難情境，讓學生看見「選擇」，或許只是暫時接受的權宜性答案。討論主題聚焦晴雯與襲人，引領學生思辨其處境與難題。此外，又援引圖像〈飢餓的蘇丹〉、電影《唐山大地震》及麥可·桑德爾《正義：一場思辨之旅》部分內容，拋出諸多疑問，讓學生就「兩難」展開思考暖身，由是再看晴雯、襲人居處大觀園的身分角色及應對進退之道。老師引導學生看見的是，人所做的選擇原就與個人之情性、道德、學養、知識、階層、時空等情境脈絡深相關聯。對於人性，除了批判之外，還要能擁有一種同情的理解，而後者亦正是思考能成熟與深化的表現。

　　許惠琪老師〈包青天穿越到今天——以包公案〈阿彌陀佛講和〉、〈死酒實死色〉為例〉是溯源傳統思想「人性論」、「天道觀」的脈絡，通過公案小說，解析中西法律文化的差異。首先，由生活化的酒駕、酒測案例作為引導，激發學生學習興趣，接著將討論主題聚焦在中國古代公案小說與現當代刑事法案，背後所呈現出來的分別是中國思想中的「性善」、「良知」論及西方基督教「原罪論」，兩者之間的文化思維差異是什麼？藉由古今、中西的對比，讓同學們思考傳統法律「絕對正義」的法律觀，或許理想過高，難以落實，但卻可對當今西化的法律實務提供典範與省思。

　　有關寫作教學的，計有如下數篇：

　　陳冠蓉老師〈「影想·視界」——從「敘事觀點」到「觀點」的深度討論教學設計〉將「影像敘事」的策略帶入討論課程，巧妙結合「三幕劇」和「思考帽」的理論，以及電影學的「故事前提」（logline），透過兩部影片《大象復仇記》和《法式炒咖啡》引導學生展開創意寫作，從中訓練高層次思考能力。藉由深度討論，從分析「敘事觀點」到逐步建立自

己的「觀點」，課程設計充滿巧思，提供較大的揮灑空間，對於教學設計之原由，亦能充分剖析闡明。這堂國文課仍以語文專業為中心，然而能將中文、社會學、電影學等相關理論融通於小組討論的提問與寫作，不僅樂趣橫生，又有方法步驟，提供了豐富且具挑戰性的寫作實務訓練。

陳惠鈴老師〈未來世界的想像──〈膜〉的深度討論與科幻寫作〉帶領學生，以〈膜〉作為思緒穿越時空的通道，課程設計以解放想像力為起始，引導學生觀察、剖析、記錄文本中的場景設計，而能依據「現在」的框架以想像「未來」。利用小組討論，讓學生更深刻了解：想像，可以藉著閱讀文本，以具邏輯、條理性的思考，揮灑出奔放飛揚的無限可能空間。而深度討論就是師生結伴潛泅進入文本世界的線索，追蹤覓跡，尋幽探隱，就這麼，未來世界的模樣，也就彷彿若有光般隱隱閃現在文字蜿蜒的盡處。藉由細讀與深論，再搭配天馬行空的想像力，學生就可以知悉從何尋找故事素材與展開故事思維，營構出一活潑而有生氣的科幻時空，具體完成一篇科幻題材的創作。

謝秀卉老師、黃子純老師〈妖怪從哪兒來──從「深度討論」中誕生的神怪故事〉參酌「深度討論」教學法之精神，以「討論」的「過程」培養學生的創意思考，嘗試將「觀察」與「想像」融入故事寫作討論課中，帶領學生閱讀生物觀察、神話、妖怪等主題的文本。從生活到文本，從閱讀到討論，從發想到寫作，循序漸進，按部就班，引導學生進入神怪故事寫作的觀察、聯想、思考、討論情境。讓每一次的討論成為培養觀察與激發想像的練習場域，而從憑空發想到具體完成一則神怪故事。教師旨在使學生了解，觀察力與想像力並非專屬於有天分的創作者，而是人人皆可循既定步驟，充分展開自我思考歷程的有趣經驗。

凡此皆可見深度討論教學法融入國文課之嘗試，從現當代文學、古典文學作品、多媒體影視以及社會文化議題等皆可融入其中。而且除了傳統的教師講授，為了幫助學生理解文本，也帶入情境式閱讀、探索式閱讀、跨域思辨、體驗學習等教學法，加上學習單實作，引領學生看見文本與周遭環境之聯繫，進而從中看見生命裡的困惑與難題。因此，國文課堂

中的討論課既可以展開論辯思考，同時亦能保有對文學審美、生命情思的感受。我們期望這本書能夠讓您了解大學國文課如何以討論課的方式來施行，讓學生不僅僅是身體的出席，同時也願意把心思停留在課堂，而在師生或歡樂、或詰辯、或沉思、或細感的學習氛圍中，踏實、平實而愉快地體會感知語文思辨與表達對於個人之意義價值、重要性與實用性。邀請您藉由閱讀本書，看見各不相同的國文討論課風光。這本書是我們與您分享大學國文教學經驗的平臺，自有未盡完善之處，是我們至今仍在持續調整修正的。期待您的加入，一同參與大學國文教學革新實驗的路途。有您的參與、批評、指教，那將是我們持續精進成長的最大動力！

目錄

現代

雌雄莫辨
平路〈服裝的性別辯證〉的
深度閱讀與討論

楊素梅

楊素梅，國立臺灣大學中國文學系博士、國立臺灣師範大學共同教育委員會國文教育組兼任助理教授。研究領域為漢語語言學、古漢語語法、漢語方言、詞彙語義學，並旁及國文教學創新。撰有期刊論文〈從「皮」詞族論閩南語 pʰua3 pĩ7（生病）的本字〉。目前仍在摸索大學國文教學的定位和目標，常思考教什麼、怎麼教才是學生真正需要且能面對未來挑戰的能力。任教師大以來，有機會接觸並嘗試以深度討論教學法引導學生思辨，真正落實以「語言」作為思考的工具，盼為大學語文教育找到新的契機。

一、教學目標

　　雌雄莫辨，既可以說是「無法分辨出雌或雄」，更可以是「無須分辨雌與雄」。美國哲學家朱迪斯‧巴特勒（Judith Butler）指出，性別角色和性別特徵（sex role and sexual identity）都是透過性表現決定的，而服裝、舉止則是表現的道具。因此破除男權制度最有效的方法是男女混裝（cross-dressing），衣物、髮式、舉止是社會區別男女的主要標準，若能打破其中的界線，人們會習慣其他的性別角色和特徵，而從一個性別角色中解放出來。[1]立基於此，本課程選擇以平路的〈服裝的性

---

[1]〔美〕朱迪斯‧巴特勒（Judith Butler）著，宋素鳳譯：《性別麻煩》（*Gender Trouble*，上海：上海三聯書店，2009 年），頁 178-180。

別辯證〉作為深度閱讀與討論的文本。性別的身體裝扮作為一種社會論述的場域，從扮裝到兩性服裝相互借鑑，再到無性別系列服裝，兩性關係從相互角力慢慢進展到彼此妥協和解，這裡面所欲探究的不僅是服裝和性別，更有社會文化認同的論辯。惟文本只是作為引導學生思辨的媒介，其中容或涉及社會科學的專業知識，則不在教學設定的範圍。

　　本課程預期達到的教學目標如下：

1. 藉由閱讀文化評論篇章，了解如何釐清概念、陳述正反意見、演繹推論，與實際應用。
2. 培養觀察社會現象、提問、批判的思維習慣，探討時事議題背後的社會、文化內涵。
3. 尊重、理解多元論點，以形塑自我的價值觀。

二、討論課流程

閱讀文本		平路〈服裝的性別辯證〉[2]	
進行時間		2 週 4 堂課，共 200 分鐘	
教學方法		深度討論教學法	
週次	討論主題	上課流程		時間分配
		課堂活動	說明	
第 1 週第 1 堂	服裝的性別符號	暖身活動	請學生展示或說明自己的穿衣風格，思考時尚潮流與追求自我間的平衡。	25 分
		影片欣賞	透過三部短片，從中西服裝史的演變角度看男女裝之別。	25 分

2　平路：《女人權力》（臺北：聯合文學，1998 年），頁 53-60。

		文本導讀	作者簡介，帶讀文本主題，剖析其手法。	15 分
第 1 週 第 2 堂		深度討論 （I）	各組就教師擬定的題目擇一討論。	15 分
		時事導入	教師介紹與性別服裝相關的時事，供學生反思各議題與文本間的連結。	20 分
第 2 週 第 1 堂	從男女有別到性別平等	深度討論 （II）	各組針對文本內容結合時事議題，自設思辨性問答。	20 分
		深度討論 （III）	各組選一道他組所提出的問題進行深度討論。	15 分
		分組報告	教師指定每組的某位學生以口頭發表三題的討論結果。	30 分
第 2 週 第 2 堂		小組互評	各組點評他組回應本組問題的論點。	10 分
		回饋總結	思考性別平權的真意。推薦延伸閱讀的書籍。	25 分

三、流程說解

(一) 課前準備

教師：製作課程投影片、小組學習單（附件一）及提問單（附件二）。

學生：1. 預習文本。

　　　　2. 思考教師提出的兩個問題：

　　　　　(1)人為什麼要穿衣服？服裝對人類的意義是什麼？

　　　　　(2)對你而言，什麼是性別平等？

　　　　3. 課堂上請穿著最能代表個人風格、特色的服裝出席。

分組方式：六至七人一組，異質性愈大愈能激發組員的思辨，因此組員盡可能是來自不同科系，兼顧多元性別。

㈡ 暖身活動

　　活動設計的目的是為在時尚潮流下，讓學生思考如何感知與論述自我的身體，體察到穿衣和化妝都是對身體的加工行為。各種潮流的商業操縱、包裝可能產生另種刻板印象。學生慢慢學習如何建立自我的穿衣風格。首先，請學生統整全組組員的服裝風格，並撰寫於學習單上，可由學生各自介紹描述偏好的顏色、款式、機能等，或是組員間相互觀察陳述所呈現出來的印象、觀感。接續這個話題，詢問學生選購衣物時的考量順序，大抵是衣服風格尺寸、實穿（穿著的頻率、搭配度）、價位等，然後藉此引導學生思考、討論「人為什麼要穿衣服？服裝對人類的意義是什麼？」當學生有意識地回顧自身經驗，服飾就不僅僅是保暖、保護等物質功能。人們透過服飾、化妝、配件來打扮自身，展示於外，顯現階級、身分、個人品味，甚至反映所處社會對個體的規範。有了這層認知，才得以帶入服裝內的性別符號。

㈢ 影片欣賞及討論：從中西服裝史看男女之別

　　觀賞三部 youtube 平臺上影片，分別是：
1. 二十世紀至今性別服飾的演變[3]
2. 最快速度看完百年來男女服飾變化[4]
3. 100 秒看清古代女子服飾變化[5]

　　請學生從影片及個人經驗中歸納出男女服裝的分別，進而討論為何服裝有男女之別、是否應分男女裝。於學習單上說明其所持理據。學生應能就生理結構、社會分工等觀察提出區分的原因，並呼應前一子題服裝展現個人風格、狀態等觀點闡述。目的在由男女裝的分別，導入文本所探討主題之一：服裝中所呈現出的歧視、霸凌。

---

[3]　網址 https://www.youtube.com/watch?v=KtS4QUj1GKc，片長 1 分 29 秒。
[4]　網址 https://www.youtube.com/watch?v=JS156ccp0HU，片長 2 分 34 秒。
[5]　網址 https://www.youtube.com/watch?v=7nAgRsevQeo，片長 2 分 11 秒。

㈣ 文本導讀

　　這個部分由教師口頭講述，搭配投影片內容，先概略地介紹時代背景以及作者平路在美國生活經歷對其創作理念的影響。而整個流程的重心將是放在文本的主題思想、核心觀點，並與學生一同擷取文本訊息和隱藏的疑問。

　　平路以女性主義意識探討服裝中的性別議題，通篇主題在檢視男女服裝的相互沿用借鑑是否象徵了兩性的平等和諧，從「我」和「你」兩個角色，正反交錯，層層論證男女平權的契機。文本中觸及的面向廣，茲舉其犖犖大者如下，以作爲教學內容的理論依據：

1. 服裝社會心理學

　　從社會學角度探討人類衣著服裝的心理。文本裡談及衣服繁複的符號象徵意義、個人服飾的風格意象或造型、時裝流行的變革與機制等，皆屬於服裝社會心理學範疇，更不用說服裝顯現的性別角色所反映的社會文化意涵本身就是該學科的主要研究內容之一。

2. 女性主義

　　這裡是指第一、第二波女性主義思潮，追求男女兩性在權力上的平等，因此致力於消除服飾上的束縛、性別刻板印象與歧視等，也是文本裡著墨最多的部分。

3. 性別研究

　　該領域除了狹義的女性主義外，還包括了性別認同、性別主流化等，主張打破性別二分法。而平路於二十世紀末撰寫這篇作品時仍以男女兩性爲訴求，尚未融入對於多元性別的反思，然不妨礙師生於課堂上進一步由此延伸討論。

㈤ 分組深度討論（I）

　　請學生就教師指定題目擇一討論，並記錄於提問單「老師示例」欄

位：

1. 從女扮男裝、女著男裝到女裝男性化，其背後的性別認同或訴求各有何異同？（連結型問題）[6]

2. 從平路撰寫此文到現在已經過二十年了，就你生活所見，服裝中的性別觀念有哪些發展？（感受性問題）

第一個問題係連結學生先前所閱讀過的男女扮裝故事，例如：花木蘭代父從軍、梁山伯與祝英臺等。教師於投影片上補充男女扮裝之性別與文化意義：男扮女裝多為縱慾、姦淫婦女；女扮男裝逾越性別進入公領域，追求社會性別的轉換，但原本性別的價值已內化於心，仍以回到家庭為依歸、遵循三從四德。這類故事總不脫凸顯兩個重點：一是全忠全孝，二為謹慎守貞，甚少以女主人翁扮裝後的軍功、智勇雙全的形象等為主題，正可看出扮裝本身就是父權對女性貞潔護持的要求。[7]

相較之下，在唐宋時期的文人畫作、墓室或敦煌洞窟壁畫中已可看到不少女著男裝，雖然也是照搬男性服裝的特色，但面容、儀態、動作等仍是女性，無須掩藏自己的女性氣質。至於女裝男性化，即為文本中所提及女裝對男裝的借鑑，剛柔並濟，融合兩性的氣質，是對男女裝的創作。從女扮男裝、女著男裝到女裝男性化，不僅是服裝形式的變換，更是兩性對其性別的認同、地位與訴求的轉變。

第二個問題著重於聯繫個人生活經驗的觀察與文本所揭示的現象之間的差異，學生必須先分析文本中各部分的論點，然後比較現今社會的情形，思考文末所期待兩性和諧、輕鬆的未來是否已實現，或是仍有進展努力的方向。

分組進行深度討論時，教師於三個回合均應親自與每組互動，傾聽每位學生的意見或想法，協助學生釐清自己的思緒，給予學生充分的空

---

6 定義與下文提及唐宋畫作的資料可參考杜嫻婷：《性別角色認同視角下的女著男裝現象 —— 以唐朝女性服飾為例》（北京：北京服裝學院碩士論文，2010 年）。

7 詳細的論述及例證可參考蔡祝青：〈三言二拍中男女扮裝之性別與文化意義〉，《婦女與兩性學刊》第 12 期（2001 年 6 月），頁 1-38。

間和時間相互詰問討論。若受限於時間，教師至少應在巡視各組討論情形時，了解組員初步形成的共識，並主動詢問參與度較低或靦腆少話的學生有何想法，或是否認同組員的意見、為何贊同或不贊同等。

㈥ **時事導入及分組深度討論（II）**

深度討論教學法最重要的精神是學生能自設高層次的問答。此篇文本的性質偏向社會文化評論，而非敘事／故事性文體，因此第二回合的深度討論不像先前閱讀小說類文本可就故事情節提問，於是改變為請學生挑選一個時事議題，結合文本內容，提出具有可論述性的問題。有鑑於學生過去面對敘事性文體時，常先關注的是情節進展、人物動機或個性等，所提多屬於推測型、分析型或歸納型等問題類型，故欲藉此次操作，協助學生能更靈活連結既有知識與經驗，提出更高層次且具深度的感受型與連結型問題。學生需整合組員們對此問題的觀點，形成共識，記錄於提問單「本組提問」、「本組回答」兩欄位。同時將題目書寫在教室黑板上。教師與學生一同檢視題目的論述是否清晰完整、用語精確。

近期與本文相關的時事議題略舉如下，教師可於課堂上利用新聞報導影像、照片向學生簡要說明：

1. 男生可以穿裙子？女生必須穿裙子？

2019 年 6 月，新北市立板橋高中校務會議通過放寬服儀規定，男女生均可穿裙子上學。與此相關，2018 年 9 月龍安國小圖書館藏英國作家 David Walliams 的童書《穿裙子的男孩》（*The Boy In The Dress*）遭家長抗議鼓勵學生變裝而暫時下架，亦引發熱議。

相對之下，女學生較早意識到爭取自行抉擇裙裝或褲裝進出校園的權利：2016 年臺中女中學生發起「男女平權，短褲無罪」運動，網路上的聲援串聯，成功挑戰了女校的傳統。

這兩件看似截然相反的訴求，除了呼應文本內所謂「男裝女裝互相假借轉注」，也提供學生反思跳脫於男女裝的分別，在性別平權之下，

所追求的究竟是什麼？

2. 制服底下的性別印象

　　護理師與空服員應是性別刻板印象最明顯的職業，其服裝更是如此。2019 年英國有兩則新聞可對比：其一，維珍航空公司（Virgin Atlantic）宣布取消女性空服員須著裙裝及化妝的規定；其二，護理師 Jessica Anderson 穿著短上衣、褲裝完成倫敦馬拉松比賽，卻不被金氏世界紀錄承認，該會拒絕認證的理由是：護理師就該穿藍色或白色裙裝、護士帽、白色圍裙，而短上衣與褲裝是醫師的服裝。當職業內發生了性別流通，制服如何降低性別刻板印象？制服的設計應該著重工作便利性，抑或是性別特色？此皆可觸發學生對於「物化」的深入討論。

3. 霸凌女性的服裝文化

　　這個議題可援用的例子不少，諸如：中國古代女子纏足、現代女性穿高跟鞋、泰國清邁長頸族、婆羅洲比達友族（Bidayuh）的銅環婦女等，此處不一一列舉。主要是引導學生延伸思考文本中所謂霸凌女性的服裝文化，背後反映了哪些問題？起初的目的是為了保護女性還是限制其活動？

4. 法國禁穿布基尼

　　布基尼（burkini）是穆斯林女性泳裝。2016 年夏天，法國沿海城市宣布禁穿布基尼，官方理由指出：布基尼是奴役女性的象徵，任何人不得穿著違反法國自由平等精神的泳裝到海灘。法國高等法院於同年 8 月宣布禁令無效，但事情仍未落幕。這個議題可聯結文本中談論到女性身體自主及觀看權等內容，探討布基尼真的是奴役女性的象徵嗎？外人有無立場干預女性穆斯林的宗教服飾？

5. 女性乳房解放運動（Free the Nipple）

　　前一議題是女性選擇遮掩自己的身體，而選擇解放身體的新聞可以

2013 年美國導演 Lina Esco 的解放乳房運動為代表。該運動質疑了社會對於男女性袒露上身的差別待遇，訴求女性選擇穿著或脫掉內衣、胸罩，不應受到他人有色眼光或社會良善風俗的限制。而早在民國初年，中國就有「天乳運動」，胡適、張競生等人倡議解放女子束胸，1928 年政府正式發布公函，查禁婦女束胸。婦女爭取上空權等同於文本中所論及性感、色誘等字眼嗎？「女為悅己者容」，究竟是顯示個性、強調女性的解放，或是為了吸引異性目光呢？

6. ZARA推出無性別系列（Ungendered Collection）服裝

2016 年 ZARA 試圖摒棄男女性別界限，無性別風潮以寬鬆版型模糊身體線條，男女同款不再區別男女裝，而是強調每個人有選擇的自由和權利，穿出自信才重要。值得思考的問題是：當服裝中泯滅了性別元素，是否會像文本中提出中山裝、毛裝一樣缺少了個人特色呢？

㈦ 分組深度討論（III）

每組就其他組別所提出的問題擇一深度討論回答，並填寫在提問單「他組提問」、「本組回應」兩欄位。如此進行的前提是確切掌握他組提問的問題，各組內部先形成共識選擇一道較有感、有想法的題目回答。一組負責回應一道題目，若有多組選擇相同問題，教師適時居中協調。學生如對於所屬組別未能選擇上的問題頗有想法，可另紙撰寫於回饋單上，教師以酌加平時成績的方式鼓勵之。

㈧ 分組報告及互評

教師指定每組的某位學生口頭發表，分享該組針對老師示例、本組提問、他組提問的回應。各組均報告完畢後，評論他組針對本組提問的答覆，可以比較彼此觀點有何異同，或針對該議題做延伸補充。深度討論注重組際間的互動，在這過程中，除了能讓學生專注聆聽他組的報告外，主要是能試著去理解他組的思維方式，也可使一個議題的討論更細

緻豐富。

㈨ **回饋與總結**

　　本課程規劃的問題意識建立在服裝的性別內涵，和背後所反映社會文化價值及其演變。而近年來，社會關注的面向從兩性到多元性別，從女權主義到平權思想，因此在課程的尾聲請學生一起來思考學習單上的最後一個問題：「對你而言，什麼是性別平等？」透過組員間的對話，辯證兩性在社會地位、思想獨立自由等面向的理解。學生的結論是當人們從事任何一件事情（包含穿著）時，不會直接聯想到這是男性或女性該做的，不再是為了區別兩性，各以自由意志展現其價值。

　　最後，向學生推薦延伸閱讀的書籍，課後學生可自由選擇其中一本撰寫 500 字讀書心得。仿照上課的模式，先摘錄文本重點，然後就內容自設可論述性的問答。

1. 〔日〕鷲田清一著，蘇文淑譯：《關於穿衣服這件事的哲學辯證》（新北：字畝文化創意出版，2019 年）。
2. 〔澳〕凱特‧曼恩（Kate Manne）著，巫靜文譯：《不只是厭女：為什麼越「文明」的世界，厭女的力量越強大？拆解當今最精密的父權敘事》（臺北：麥田出版社，2019 年）。

四、學習單

附件一

學習單

學習單設計說明：

　　第一週課堂小組作業，作為進入文本閱讀前的引導，請學生就服飾的選購、搭配等日常經驗出發，逐步由生理需求演繹，進而體察到服裝具有展現自我的溝通功能，並由此推導出男女服裝背後的社會文化意義。意見陳述應具體、明確、周延，酌引事證為例。

一、時尚潮流 vs 追求自我

1. 請統整組員的穿衣風格。（顏色、款式、線條、觸感、機能、材質等）

2. 選購衣物的考量順序。

3. 人為什麼要穿衣服？服裝對人類有什麼意義？

二、中西服裝史看男女之別

1. 男女服裝有哪些分別？

2. 為什麼服裝要分男女？服裝應該分男女嗎？為什麼？

三、對你而言，什麼是性別平等？

附件二

深度討論提問單

學習單設計說明：

　　第二週使用討論提問單，以深度討論教學法所提出的問題類型為依歸，用以記錄小組討論所歸結出的觀點，彙整組員口頭陳述的意見，並轉化為精確簡潔的書面文字。學生藉由四次討論活動，包含：回答老師示範的提問、自設問答、回答他組提出的問題、評論他組回應本組所提問題等，進行文本結合時事議題的深度論辨，同時也達到了組際互動的目的。

深度討論（Quality Talk）問題類型	
問題類型	定義
問題類型編碼	測試型問題 TQ、追問型問題 UP、分析型問題 AY、歸納型問題 GE、推測型問題 SQ、感受型問題 AF、連結型問題 CQ
測試型問題 TQ （Test Question）	有固定或單一答案的問題。
追問型問題 UP （Uptake Question）	承續他人意見接著問下去，帶出更多對話的問題。
感受型問題 AF （Affective Question）	閱讀文章後，連結個人生活經驗而提出問題。
推測型問題 SQ （Speculate Question）	閱讀文章後，思考各種可能性而提出問題。
歸納型問題 GE （Generalize Question）	與檢索、擷取文章內容有關的問題。
分析型問題 AY （Analysis Question）	帶有個人觀點，同時涉及組織推論文本相關資訊的問題。
連結型問題 CQ （Connection Question）	將文本與既有知識、其他文本或上次討論進行連結而提出問題。

組別	書面記錄人	口頭報告人

老師示例	問題描述：
	回應：

本組提問 提問者：	問題描述：
	問題類型歸納（可複選）：

本組回答 答題者：	

他組提問	問題描述：

本組回應 答題者：	

本組評論	

組員簽名：

五、教學效益評估

　　這個主題安排於學期末講授，學生已充分了解且實際操作過多次QT，因此多能於課前先行閱讀文本、設想問題。課堂上也能擷取訊息、共同討論、抒發觀點或感受、彼此平等對話及評論。然因第一次嘗試將文本與時事議題結合，以致學生在提問時會花費較多時間思考兩者的關聯性，或者只就時事議題發問而脫離了文本，教師在尊重學生想法之餘，鼓勵其尋找文本內的關鍵字句，從旁引導其提出更多更高層次的問題來參與知識的建構。經過修正，多能提出連結型或感受型問題。

　　教學效益較為顯著的是提升學生的思辨及語文表達能力。由於學生於中小學時期皆已接受過性別平權教育課程，對於此類時事議題多能清楚表述自我立場。又因為重點是個人價值觀或論點的建立，其中並無高下對錯之分判，在輕鬆的同儕討論氣氛下，學生較有自信釐清思緒、說明己見。在思考面向上，所舉時事多為女性服裝問題，深入論及女性扮裝侵犯男性權勢範圍、男性施捨平權的概念等議題，皆頗有見地。惟受限於時間，無法深入探討男性、性別弱勢族群（例如：同志族群、跨性別者、酷兒、異裝癖（transvestism）等）的服裝現象，僅在回饋總結時點出：「男性服裝選擇彈性少，變裝較女性更易受到異樣眼光，未嘗不是刻板印象對於男性的限制。」並援引美國社會學作家亞倫・強森（Allan G.Johnson）的說法來解釋：女著男裝展現陽剛特質，被認為是認同、崇拜男性的行為，因此社會接受度高；相較之下，男著女裝展現陰柔氣質，則被認為是認同女性的墮落行為，故得到較多負面評價。[8]這裡牽涉到陽剛與陰柔氣質的形成、父權體制下的男性認同、性別秩序的建立等課題，待未來有更多研究成果以進行更具全面性的討

8　〔美〕亞倫・強森（Allen G.Johnson）著，游美惠譯：〈意識形態，迷思與魔術：陰柔特質、陽剛特質與「性別角色」〉，《性別打結：拆除父權違建》第三章（*The Gender Knot: Unraveling Our Patriarchal Legacy*，臺北：群學出版有限公司，2008年。英文原著2005年），頁95-127。

論。

　　總的來說，本次課程設計嘗試將性別平等／平權概念及時事議題融入文學作品的閱讀中，除了文本賞析、議題思辨外，引導學生尊重彼此的性別認同，觀察分析社會上無處不在的性別不平等現象，進而提出改善之道，或許有一天真的能夠比作者平路所期待更進一步地實現多元性別和諧、輕鬆的未來。

什麼是「真的」？
吳明益〈天橋上的魔術師〉的深度討論與閱讀

陳冠薇

臺灣師範大學國文系學士、清華大學中文所碩、博士。現為臺灣師範大學共同教育國文組兼任助理教授。曾於清華大學、臺灣藝術大學，開設「大學中文」、「現代小說創作與欣賞」、「臺灣新文學作家選讀」等課程。主要研究領域為當代小說，教學專長為學院報告寫作、小說精讀與創作構思。期許以文本為橋梁，傳遞文學裡的生命知識、人文觸動與美感經驗，將學生眼裡的火光一盞盞點亮。

一、教學目標

　　共同國文上學期第一單元為「認識自我與展望未來」。我們認為唯有學生由此「對自我的認識」為基點出發，產生問題意識與求知渴望，方能使學習與接觸到的知識與自己產生真正的意義與關聯。因此，為什麼需要「認識自我」？要如何「認識自我」？即是教師要帶領學生一起思索的重要課題。本課程的核心目標即透過適合的文本，提供大一新生們看待、理解、詮釋事物的途徑與方法，使之構築起一套屬於自己，有意義且有效的認知體系。

　　本課程希冀藉由吳明益〈天橋上的魔術師〉[1]一文的精讀與思考，結合「深度討論教學法」的具體操作，達到以下幾項教學目標。

---

[1] 吳明益，《天橋上的魔術師》（新北：夏日出版，2011 年），頁 13-31。

1. **熟悉深入閱讀的方法**。不僅僅以「瀏覽」或「看過」文章內容的最低要求為滿足，而能真正深入文本的肌理，掌握各處細節的描寫（有助於提出「歸納型問題」）。

2. **學習提問並能分辨問題**。審視自己的閱讀感受，初步發現並提出問題（如「感受型問題」、「推測型問題」）。同時透過問問題的方式，檢視自己的思考面向，且區分各種問題的層次與類型。

3. **探索答案與建立觀點**。能夠自行發現與探索答案，並思考各種可能性（對應「推測型問題」），透過學習歸納、整合文本訊息的方式（對應「歸納型問題」），提出解釋，並形塑自己的觀點（對應「分析型問題」）。

4. **靈活思考與活用所學**。能夠結合自身經驗延伸思考，並帶著嶄新的認知與體驗進行下一階段的探索與學習（對應「連結型問題」）。

　　以上教學目標亦呼應深度討論教學法的問題類型，期許引導學生融入文本情境，學會提出好問題！

二、討論課流程

閱讀文本	吳明益，〈天橋上的魔術師〉			
進行時間	2 週 4 堂課，共 200 分鐘			
教學方法	深度討論教學法			
課程規劃				
週次	討論主題	上課流程		時間分配
第 1 週第 1 堂	發現問題：什麼是「真的」？	情境營造	教師以 ppt 承接上堂課程主題並開展討論情境。	20 分
		帶讀思考	教師帶讀文本並提示閱讀重點。	30 分

第1週 第2堂		小組 討論	學生分組討論，並記錄於提問單（附件一）上。	20 分
		意見 分享	各組推派成員於黑板書寫問題。	5 分
			小組問題分享與意見交流。	15 分
		教師 總結	教師總結歸納問題性質，並再次提點文本中可留意之細節。	10 分
第2週 第1堂	建立觀點： 意義誕生 於「心」 而非「眼 睛」	問題 彙整	教師彙整上週同學提問，並適度提及文本重點。	20 分
		小組 討論	撰寫學習單（附件二）並從文本細節尋找理解人物、論證觀點的依據，同時選擇他組問題回應。	30 分
第2週 第2堂		意見 分享	各組推派成員報告該組討論結果。	20 分
		教師 總結	教師整合同學發言與討論，再次引入文本並彙整觀點。	25 分
		下週 預告	文本介紹，接引下週主題。	5 分

三、流程說解

㈠ 主題引導與文本帶讀

　　在進入〈天橋上的魔術師〉文本討論之前，以動畫片《幸福路上》[2] 預告與主題曲都曾出現的一個問題「成為你理想的大人了嗎？」作為切入點，請同學思考自己想成為怎樣的大學生，又是什麼使他們成為現在的自己。故事中的女主角林淑琪一路考上北一女、臺大，並赴美工作，

2　宋欣穎導演、編劇，《幸福路上》，2018 年 1 月於臺灣上映。獲 2018 年金馬獎最佳動畫長片。預告影片，片長 1 分鐘 50 秒。網址連結：https://www.youtube.com/watch?v=XbRmjNN4KWM（最後查詢日期：2020 年 3 月 30 日）

看似一帆風順的她，卻對人生感到迷茫，於是重回出生地尋求答案。動畫中的補習文化、臺灣的政經事件，與個人的生命史互相照應。藉由這個故事的介紹，帶領同學思索自身成長歷程與外部環境的連繫，最後帶出編劇宋欣穎訪談中提到的「幸福的根源來自於對自己誠實」[3]。承接上週的主題，並啟引本週的討論：從自身生命開展問題感。

接著從《幸福路上》中的一個小片段切入[4]，就讀小學的淑琪和阿文哥哥有一段值得深思的對話：

「小琪，妳要記住——別人告訴妳的，不一定都是對的。要用自己的眼睛和智慧去看事情。」

「妳的心裡面會有另一雙眼睛，會看到別人看不到的東西。那個叫作智慧。」

這段對話其實接引後續〈天橋上的魔術師〉的討論：「什麼是真的？」以及「為何眼見未必為真」的主題。在此作為一個文本對話上的小小伏筆。

在進入〈天橋上的魔術師〉文本帶讀前，先從吳明益訪談[5]中提到的兩個面向引領同學發想，一是「每個人都活在一個大歷史裡面，可是不是每個人知道，此刻站在歷史的哪一個位置。」呼應第一單元中，個人成長歷程與外部歷史進程的交會。二是「面對不同性別、不同年齡層、不同心靈的人，每個人有不同的痛苦點。作為一個小朋友的痛苦點，到底是哪裡呢？」呼應從個人生命經驗中尋找與發現問題。

大多數學生在讀完〈天橋上的魔術師〉的第一時間，不太能捕捉到

3　林侑青採訪撰文，〈宋欣穎，你對自己誠實了嗎？〉，《美麗佳人：名人故事》。連結網址：https://www.marieclaire.com.tw/entertainment/story/34193?atcr=4d2919（最後查詢日期：2020年3月30日）

4　《幸福路上》電影精華片段：禁止讀書王國的王子，片長1分鐘23秒。連結網址：https://www.youtube.com/watch?v=kV17xqSB0x8（最後查詢日期：2020年3月30日）

5　吳明益談《天橋上的魔術師》的影音連結：https://www.youtube.com/watch?v=z6TlUNt1p3M 大愛電視臺，2012年5月8日「愛悅讀」節目。（最後查詢日期：2020年3月30日）此影片長達24分鐘，故不在課堂播放。但可作為教師備課、引導提問之用。

小說要傳達的意思。還會有諸如：「不知道在寫什麼」、「懷疑自己看了什麼」或「魔術師挖出自己眼睛的結尾好驚悚」的直接感受。但他們多少能覺察到主角「我」的敏感與「小黑人死掉」時的痛苦。此時可以向學生提問，小說寫一個孩子為了看似微不足道，或他人毫不在意的事情而非常認真地傷心，而他們是否記得童年時期的某個傷心經驗呢？這時同學就會比較會由一種對文本的困惑，轉向情感層面的探索。

　　由於大一學生在閱讀文章時，往往是簡單粗略地翻閱一遍，就覺得「讀」完了，如此自然很難產生什麼想法與問題，因而直接讓他們討論與提問，往往會是一片茫然的情況。因此，宜帶領他們仔細地看文本的第一頁或前幾個段落，讓他們熟悉精密閱讀應該如何操作，問題又可以由何而生？例如什麼是「生意歹生」，小說如何由此帶出主角的家庭？小說語言如何以一種純真的語調展現孩子的視角？

　　在文本帶讀的階段，教師不需要把重要問題或重點段落全數拈出，但可先拋出一些思考點，營造同學進入文本的情境。這個步驟猶如運動前的暖身，對少部分沒有讀文本就來上課的同學，或提前太早看文本而忘記內容同學來說，至少能讓他們進入文章的脈絡之中。即使是已經看過文本的同學，也能藉此重新回顧與整理思緒，有助於後續討論。

㈡ 分組討論與提問

　　在最理想的 QT 教學情境中，深度閱讀是深度討論的基礎，但引領學生從初步閱讀感受出發，由討論所引發的種種問題與懸念開展，亦有激盪出深入閱讀動機與興趣的可能。考慮到〈天橋上的魔術師〉的文本性質，在閱讀上對學生應該沒有太大的難度（困難點應是在文意理解與如何詮釋這一層面），可由學生先自由地開展各種問題，再從回答問題、解決問題的需要中，回到文本去尋找連繫。因此這個文本的教學路徑是由「初步閱讀─初步討論」再到「深度討論（／回應）─深度閱讀」。在古典文本的教學上，則或可採用相反的策略，以「學習單」提問的方式幫助學生先行「深度閱讀」，再引導後續的討論。

　　對學生來說，從〈天橋上的魔術師〉發想問題不會有太大的困難，因為文本的魔幻色彩[6]本來就易引發很多疑問與想像，甚至也能夠預期會有一些重疊或共通的問題，因此教師這時候的工作就是觀察各個小組討論的情況並適時輔導。通常有讀過文本的同學多能自在地開展討論，但也會有討論氣氛較冷的小組（可能是組員未及提前閱讀文本或個性羞於開口）。在一個班級中，本來就會存在一些異質性差異。在小組討論過程中，教師輪番至各組聆聽討論過程並適度引導，了解同學的閱讀、理解情況。也可以將各組有趣的發現與見解，帶至他組激發思考。

　　各組同學上黑板書寫問題是很有趣的環節，可以一覽每組成員各自從何種觀點思索文本、切入問題，亦能從問題中了解學生們的思考特質。例如有些問題較外圍，有些問題則緊扣文本內部而發；有的較為簡單直白，有的較細緻開展；有的關注具體經驗與連結感受、有的較為抽象思辨等。當各組書寫完畢，可帶領全班同學初步檢閱問題類型。在一一檢視小組問題的過程中，可以再次順帶梳理文本脈絡、核對小說中的訊息，深化同學對文本的理解與熟悉度。其次，以口頭確認同學提問的內容與涵義，將模糊不清或過於簡單的題目，更清晰地呈現，或更有

6　這裡可帶領學生思考的一個問題是：具有「魔幻」色彩的文學作品，就能歸類於「魔幻寫實小說」的範疇嗎？「魔幻寫實主義」（magic realism）原為德國文藝批評家用以詮釋繪畫風格的詞彙，與超現實主義理論背景相近，比起事理邏輯，更強調直覺、潛意識、非理性、反現實等面向。表現於文學創作上，往往對「現實」加以扭曲變化。魔幻寫實主義相較於超現實主義，則更表現於對現實時間觀念的扭曲，以及「生死如一、穿越時空」（鍾宗憲）等特色。賈西亞・馬奎斯《百年孤寂》是影響臺灣文壇較重要的魔幻寫實作品，而臺灣本地的魔幻寫實創作，則以張大春〈將軍碑〉為代表。（見許俊雅編，《現代小說讀本》，臺北：揚智出版社，頁450。）〈天橋上的魔術師〉固然有其「非寫實」魔幻色彩，然而其本土化、口語化、貼近生活實感的書寫特質亦相當顯著。吳明益對過往生存時空的「召魂」之用心，也許更大於對歷史的質疑與消解。如論者黃宗潔所言：「雖然述說的是略具魔幻色彩的故事，但由於中華商場本身的地標性與歷史感，使得全書仍散發著老城市『原初生活經驗』的濃厚懷舊氛圍，召喚了許多讀者有關六、七零年代的集體記憶。」（見黃宗潔，〈論吳明益《天橋上的魔術師》之懷舊時空與魔幻自然〉，《東華漢學》第21期，2015年6月，頁233。）是以討論到該篇小說的「魔幻」或「非寫實」情節時，亦可提醒同學回顧該篇小說展現的「在地經驗」、「城市風景」，以及吳明益試圖從「失落的老台北」中勾勒的情感記憶。

指涉性地表達出來。

　　例如有同學提問「魔術師揉眼珠的意義是什麼？」但文中魔術師並沒有「揉眼珠」的行為，同學指的在是魔術師在小說結尾取下自己眼球的情節。又有個提問是「你的童年是否有作者所追求的『麻雀』？對你產生什麼影響？」在小說中這是個僅出現在一個地方的小細節，未必所有同學都有注意到。藉著問題的提出，可以讓同學再次回顧文本中易遺漏的片段。

　　當大家把問題都寫上黑板，也可以很容易從中找到一些關鍵詞。例如在「魔術師為什麼要給小孩他的眼睛？」「魔術師最後把義眼送給小男孩的意義到底是什麼？」「文章中一直強調魔術師的眼睛和一般人不一樣，背後可能代表的寓意是什麼？」等問題中，就可以看出小說特別強調「眼睛」的描寫。為什麼小說要如此強調「眼睛」？那些段落又透露出什麼訊息？[7]

　　或是「『小黑人』指的是什麼？」「你認為『小黑人』是真的嗎？」「文章中真與假的定義？」等也是出現頻率很高的提問。[8]教師可以連

---

[7] 〈天橋上的魔術師〉文本中有多處魔術師眼睛看向不同方向的描寫，而他本人亦不斷強調「人的眼睛所看到的事情，不是唯一的。」「有時候你一輩子記住的事，不是眼睛看到的事。」（吳明益，《天橋上的魔術師》，新北：夏日出版社，2011年12月，頁27。）從魔術師的話語、行為，展現另一種不同常人、認知世界的「視角」。如果只是透過「正常」的眼睛認識或看待世界，它反而會成為一種狹隘，看不到「真正」重要的事物。而長期從事自然書寫的吳明益，則思考著從不同視角所看到的世界樣貌，認為「世界並不是只為某種眼睛而反射顏色、聚集或構造的。」（吳明益，〈複眼人〉，《中外文學》第31卷第4期，2002年9月，頁205。）

[8] 我們如何感知事物的真假？如何判定什麼是「真的」？文學以自身的邏輯構築出一個世界，在《天橋上的魔術師》這個世界中，小男孩覺得魔術師用紙做出的小黑人是「真的」，這個小黑人就被賦予了生命。吳明益的小說擘劃出一個空間，提醒我們去看見另一種「真實」，即使「看不到」，卻依然「真的」存在著。在〈流光似水〉，魔術師與男孩阿卡有段對話：「魔術師，魔術是真的嗎？」「真的？坦白說，那要看你怎麼說『真的』。」「比方說，你覺得光是真的嗎？」「當然是真的啦。」「可是你看得到光嗎？」阿卡一時語塞，這對當時的阿卡來說，是一個太難的問題。「光是有顏色的，只是我們一般的時候分不出來，但透過某種東西，或某些特別的時候，光的顏色就會出現。我們只是以為出現的那一刻才是真的，但顏色本來就藏在透明的光裡頭。即使是這麼簡單的一件事，人類都花了很久才確定喔。」（吳明益，《天橋上的

結這些問題,安排下週著重細讀文本的哪些部分,幫助同學尋思答案。

　　透過提問了解同學在閱讀小說時產生的好奇點、聚焦問題以闡釋文本,這是深度討論很適合用於小說教學的地方。單方面由教師鉅細靡遺地「拆解」小說重點,聽在學生耳裡可能是枯燥無味的。而由他們自己提問、解答的過程中,必須一再回頭細讀文本進行思索,這個答案與理解才會對他們真正產生意義,且有一種「解謎」與「破譯」的樂趣。

(三) 回應提問與小組觀點

　　在上次課程結束後,教師將學生提問加以分類、彙整,並羅列問題清單。以小組為單位發放,請每組自選三題回應。上週小組討論重心放在「提問」上,而透過問題清單,同學們可以從更寬廣的面向選擇欲回應的問題。

　　最理想的情況是學生在上週的討論基礎下,對文本有充分的熟悉度與掌握度,即能開展熱絡的討論。但由於間隔了一週的時間,一到課堂就讓學生直接討論有一些難度,也容易冷場。因此教師可簡要回顧上週課堂提到的重點以及大家共同的問題,接著結合學習單(附件二),幫助學生進一步理解文本。

　　學習單除了幫助學生尋找回應初步提問的具體證據外,也能從中生產出更細緻與明確的問題。從第一部分「觀察小說如何建構人物」的

魔術師》,新北:夏日出版社,2011 年 12 月,頁 201-202。)「魔術」在孩子的視角中,可能是匯集一切最神秘莫測、美好奇幻事物與想像的代名詞,但必須先「相信」才能存在。是這份「信」與「心念」,打破了「眼見為憑」的法則,可以帶領人「看見」最奇詭瑰麗的景象畫面,讓天馬行空的綺想幻化成真。一切從心靈誕生的創造物,文學電影繪畫音樂的起源,無不由此成形、成影。從亨利・柏格森(1859-1941)的觀點來看,文學創造的真實和機械論世界中的真實不同,這種情況好比藝術家作畫,是源於一種生命衝動的意識,即便創造的材料是物質,創造的動力也是那份意識與「綿延」,物質材料可以由理性與智能把握,但生命衝動和「綿延」的意識只能通過直覺領悟,文學的真實即「不可機式分析或分割」的真實,就像藝術真品中的所有線條和色彩都不允許以拼湊的方式複製一樣。(亨利・伯格森著,姜志輝譯,《創造進化論》,北京:商務印書館,2004 年 10 月。)

細節彙整，可發展出歸納型問題（例如：「魔術師的社會地位與階層如何？從文本什麼地方可以看出來？」「魔術師的形象如何設定？小說特別著重描寫什麼？」）與分析型問題（例如：「魔術師不肯教小男孩變魔術的真正原因是什麼？會變魔術的人有什麼特質嗎？」「小說中第 27 頁的對話：『人的眼睛所看到的事情，不是唯一的。』『有時候你一輩子記住的事，不是眼睛看到的事。』是在什麼樣的情境之下被講述出來？」「小黑人沒有眼睛、魔術師眼睛異於常人，最後甚至掏出自己的左眼給主角，你認為小說中的「眼睛」代表什麼意思？」）第二部分的「人物小傳」也能進一步引導出感受型問題（例如：「我對小男孩的感覺是什麼？他為什麼為「小黑人死掉了」一事深深傷心？」）與推測型問題（例如：「魔術師過去可能經歷過什麼？他離開小鎮後又會如何？」）

(四) 觀點彙整、總結與延伸至下週主題

　　經過第上一節課的討論，同學們已對許多問題表達出各自的看法與觀點，但未必形成一個完整的理解。且還是有部份同學認為「解答」是老師的工作與責任，在「提出問題」之後，不見得願意更進一步靠自己的思索去尋找答案。由於這是深度討論的第一次具體操作，教師可再次說明，透過這些「提問」到「回答」的過程，是學習讓自己慢慢形塑、建立觀點。而當一個個局部、零散的觀點集合起來，才會變成對文本的「通盤理解」。並於最後的觀點彙整中，完整地講述文本的一些重點面向，且整合之前的所有觀察與討論。例如分析男孩與魔術師在小說中展現的特質、整合同學們已提及（但未必完全結合文本展開）的「真假觀」，最後請他們思考小說中的「魔術」，以及與「魔術」具有同質性的事物。

　　「小黑人」之所以為真，是因為那是「我」所選擇相信的。意義之所在，不在於具體事物本身，而是由心、想像、感覺、信念所決定。小說想傳達的，如同吳明益在另一篇小說所寫到的，「那些我們具體可以

碰到的事物是幻覺。桌子是幻覺，床是幻覺，倚靠一棵大樹都是幻覺。而我們的心所創造出來的那些才是實在的，那些像被箭矢穿過的痛楚，那些被我們記述下來的，著了火的記憶才是真實的。」[9]而這正是最極致的「認識自我」的方式，它與任何外在標準無關，一切只依憑自我心念。

　　而電影、小說，與魔術猶如異質同構，那些講故事的人（有祕密的人）以自己的人生歷練、經驗與傷痛所創造出的「虛構」作品，正是像「小黑人」一樣「真的」魔術。

　　最後以學生都很熟悉並且喜愛的《小王子》中的名言作結，呼應課程主題：「只有用心才能看清事物，真正重要的東西是眼睛看不見的。

　　討論至此，向學生傳達由正視「自我」的基點開始，進而看見他人並面向世界的重要性。但這個「我」並不會只停留在「自我」的層次，而是活在一個充滿他人的「世界」之中，「我」必須與他人有所互動聯結。因而在讀完〈天橋上的魔術師〉後，後續課程將接著討論胡淑雯〈界線〉與許菁芳〈我如何成為女性主義者〉兩篇文章，從「自我生命」與感受出發，思考階級、刻板印象與父權等議題。這些看似龐大、宏觀的課題與關懷意識，其實正是從具體可感的生命經驗與成長事件中逐一發掘的。藉由第一單元「認識自我與展望未來」，期待學生們能從自身經驗出發，在「自己」所遭遇到的問題上，看到更大更廣的面向。

四、學習單與說明

附件一

學習單設計說明：

　　搭配文本讓同學練習深度討論（QT），熟悉不同問題類型與思考面向。

9　吳明益，〈一頭大象在日光朦朧的街道〉，《天橋上的魔術師》（新北：夏日出版，2011年），頁100-101。

【深度討論問題單】

文本：

記錄：

小組成員：

提問人	提　　問	問題類型

【TQ】測試型問題：有固定或單一答案的問題。

【UP】追問型問題：承續他人意見，接著問下去，帶出更多對話的問題。

【AY】分析型問題：提出帶有個人觀點，同時涉及組織推論文本相關資訊的問題。

【GE】歸納型問題：與檢索、擷取文章內容有關的問題。

【SQ】推測型問題：閱讀文章後，思考各種可能性，而提出問題。

【AF】感受型問題：閱讀文章後，連結個人生活經驗，而提出問題。

【CQ】連結型問題：將文本與既有知識、其他文本或上次討論進行連結，而提出問題。

附件二

學習單設計說明：

　　第一部分是訓練同學更細緻地思索文本給出的訊息，從文本的「已說」去推測它隱含的意義與可能性。第二部分則是讓學生以自己的理解與語言，重述人物的故事。在「創造」的過程中，更貼近並同理故事人物的處境與心理，也會對文本有更深一層的體悟與更高品質的解讀。

一、觀察小說如何建構人物		小男孩	魔術師
人物的外部線索	家庭背景		
	住宅環境		
	穿著飲食		
	社會階層		
人物說了什麼話（包括獨白）舉出 3 處為例	1		
	2		
	3		
人物內在性格或特質 舉出 3 點為例	1		
	2		
	3		

二、以自己的理解撰寫人物小傳（150-200 字）
小男孩
魔術師

五、學習效益評估

　　本課程將「討論課」拆分為兩次進行，一週讓學生思索、提出問題，一週讓他們回應問題、建立對文本的理解觀點。如此操作將有充裕的時間深入文本，也能讓教師將學生的提問加以整理、分類，審視自我教學期待與預設方向，和學生所思考的問題是否存在落差，並能夠微調課程與思索下週帶領討論的方式，使學生有機會對這篇文本有更多駐留的時間。

　　在選文上，一篇能讓大一學生「看得懂」但又具有一定「問題感」的小說，很適合作為思辨討論的素材。〈天橋上的魔術師〉文字平易近人，但又並非單純講述一個明白易懂的故事。不是具有某個直截了當、

顯而易見的主旨，而是留下許多待解之懸念，存有許多可開展的解讀空間，適合提問與尋找答案。而在這種從對文本存在「疑惑」到能試著捕捉或解釋什麼的「詮釋」，再到理智與情感上的「理解」過程中，我認為能有效展現深度討論的意義與精神。

　　第一單元試圖讓學生從「認識自我」出發，並從「自我」開始去擴展問題。透過〈天橋上的魔術師〉，可以看到一個從童年經驗中發展出來的故事，希冀讓學生體悟到不單單只是用「眼睛」去看，而是用「心」去感受事物，尋找真正的意義與「真實」。從文本所引發的問題，思考為什麼其他的魔術都是「假的」，而「小黑人」卻是「真的」？最後扣合到「用心看」的文本主旨與教學目標。同時也向學生傳達這樣的訊息：「我」是很重要的，「我」的情緒與感受也同樣重要。是「我」在認識、學習、感知這個世界，因而「我」的悲傷與快樂，「我」的想法與體會，並不是毫無意義或無關緊要，而是與他人產生連結與共情的基礎。一個無法了解「痛苦」是什麼的人，是很難理解他人的「痛苦」的。因此，正視自己的情緒與感覺，無論那是「好情感」或「壞情感」，正向或負面的，都不要輕忽它或否定它。「認識自我」之所以重要，是因為那是「推己及人」的基礎。

　　通過連續兩週課程的引導討論，可以感受到同學們在討論與回答上漸入佳境。但仍有部分參與討論及學習意願較低，或更傾向由老師講述主導課程的同學，有待後續課程再逐步引導，加強討論意識。我認為一場優質的討論課，不在於學生能否提出問題，而在於能否提出**他們自己感覺有趣的問題**。回答發問的關鍵，也不在於他們是否講得出自己的想法，而在於是否能跳脫「一般化」、「常規化」的思維，進行一場真誠、認真的討論，且確乎感覺自己從中受益，而那根本無關於分數——這當然是種理想。在討論風氣在臺灣的大學校園蔚然蓬勃以前，第一線教師需以更大的熱情去感召同學的討論趣味。且授課老師自覺地將課堂主導性「放權」給學生的意識，也是需要重新學習與調適的。

　　最後，我想談談對於「深度討論教學法」的反思。經過課堂實踐，

我深感第一線教師需要更多地理解「深度討論」該如何操作，並將其精神理念準確堅定地傳達給學生，讓同學了解提問練習並不是教條、死板地將問題加以分類，而是強調這些問題類型與思考面向的連結。以往教師在設計課程時，仍容易習慣性地將思考重心放在以教學文本或素材「教給」學生什麼的面向，而非期待學生透過該素材「創造」出什麼新鮮的問題與觀點。將思考的任務與主導性放回學生身上，卻不致讓課堂放佚散漫、失去歸旨。其中「比例原則」如何調整，我想需要具體教學的實踐與經驗累積，才更能掌握得宜。或許教師社群與課堂討論上，比起將重心放在課程整體的設計與規劃，可以挪用更多的時間在思考「深度討論教學法」本身，在師生雙方取得理解共識與對話基礎的情況下再開始後續的課程。例如學校安排老師在正式開始一學期的課程前，需先置入「深度討論教學法」的說明與教學。或許教學重點不是放在「告訴」學生各種問題類型的定義與列舉範例，而是直接「討論」傳統教學模式與討論課的差別，以及與「深度討論」的差別等。文獻如何定義問題類型？我們又是如何定義？是否直接演練看看？以往教師都是將自己的困惑藏起來，但或許在「深度討論課」上允許老師把困惑丟出來，讓師生一起想辦法解決。我認為「深度討論教學法」的某種精神，是承認了老師也是人，而不是真理的代言者或宣導者，所以我們必須「自主學習」，互相幫助，一同向上。這是一種非常人性，更接近真實狀態的教育理想。我們能允許這樣的課堂嗎？我們的社會，學校長官或學生家長，能夠這樣看待老師嗎？在課堂上落實真正的平等與尊重。

　　如果「深度討論教學」是一場教學革命，那它迎來的挑戰不只是對學生自主學習能力的要求，也是對教師教學模式與慣性的改變。師生都要認知到「深度討論」是一種雙向學習的過程，需要雙方以開放的心態共同經營這個課堂，才能不走回傳統的教學路線。但它的前景應是可期的，它讓我們想像一個更多元、包容、民主的課堂，以及更愛智、熱切渴望趨近真理而打開對話的可能。在此對師大前行引路的資深老師們，致上深深謝忱。

尋找散文感動力

從「感受」、「思辨」到「表達」

謝嘉文

謝嘉文，日本京都大學博士研究，臺灣清華大學中文博士畢業。國立臺灣師範大學共同教育國文組兼任助理教授，同時任教於清華、輔仁大學等。學術關懷為中國經典文學的現代詮釋、臺灣通識教育中的國文中國文學與跨域研究等，曾通過教育部情感教育課程、高教深耕教學創新課程、跨域整合與協作成果、國文講義教材建構、人工智慧應用與跨領域創新語言人才培育計畫等，並赴德國華裔學誌中心、比利時魯汶大學等地研究。

一、教學目標

　　文學感動人心，文學中的散文在形式與內涵上，極為自由靈活，作者透過回憶或想像，兼用敘述、抒情等筆法，描繪出一幅色彩絢爛的生活圖像。唯有學生透過閱讀作品，細讀、品味作者所要傳達的深意，並在已有的生活經驗和感受的基礎上，對作者抒發之情的理解，方可獲得。然而現今的學生往往對於所讀作品「無感」，多緣於過往「老師教、學生聽」的刻板國文課印象。筆者透過深度討論教學法，試圖跳脫傳統的閱讀教學，協助學生更有效地閱讀，從「感受」、「思辨」到「表達」。

　　透過閱讀現代散文，試圖達到以下幾點教學成效：

1.感受力的訓練：培養學生領會作品的意境。

2.思辨力的開擴：訓練學生解決問題的能力。

3.表達力的訓練：進入課文狀況，提醒想睡的同學、叫醒已睡的同學

　　　以上，感受力、思辨力與表達力，三者皆以「深度思考」為根基。
筆者以下圖表示：

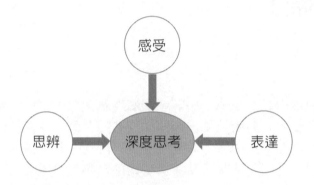

二、討論課流程

　　　關於討論課流程，分為閱讀主題、進行時間、教學方法及課程規
劃。詳見下表所示：

閱讀文本	張曉風〈唸你們的名字〉[1]、連加恩〈誰該被派去非洲〉[2]
進行時間	2 週 4 堂課，共 200 分鐘
教學方式	深度討論教學法、教師講述、師生討論、分組討論、表達訓練

---

[1]　選自張曉風《步下紅毯之後》（臺北：九歌出版社，2011 年），頁 190-195。
　　　副標題：寄陽明醫學院大一新生。

[2]　連加恩，《愛呆人生連加恩：複製幸福 DNA》（臺北：圓神出版社，2009），頁 45-50。

課程規劃				
週次	討論主題		上課流程	時間分配
第1週第1堂	打開回憶百寶箱	課堂活動	張曉風的人生故事 放映「同學拍的介紹作者短片」	7分
		教師講授	〈唸你們的名字〉 加映「作者在陽明大學親自拍攝的紀錄片」	影片7分 解釋10分
		書寫活動	「唸自己的名字」學習單 【附件一】	20分
		分享發表	同學針對「學習單」發表	5分
第1週第2堂	把愛傳出去	教師講述	第二個名字:「醫生」 仁醫心路:謝春梅醫師 放映「小人物大英雄」	30分
		小組討論	結合延伸閱讀,作小組深度討論 【附件二】	20分
第2週第1堂	向愛致敬	情境營造	引入主題:「生命最美麗的相遇」	7分
		教師講授	1. 連加恩的生命故事及其生活點滴 　　故事「從非洲說起」、文章架構、家人「內心大告白」	28分
			2. 作者文字的影響力 　　放映:「連加恩臺大畢業生演講」	15分
第2週第2堂	我的生命線	小組報告	主題:尋求救助管道 填寫「有感思辨」學習單【附件三】	30分
		討論分享	小組成員作「深度討論」紀錄表【附件二】	20分

三、流程說解

㈠ 第1週第1堂：打開回憶百寶箱

1. 課堂活動

本課程的主要目標是增進學生對散文文學的美感訓練，透過明辨張曉風散文的創作意圖和表現手法，進且思考書寫，印證作者所言。因此配合主題，在第一堂課首先以張曉風身為一位作家身分，她是如何充滿熱情地面對生活，透過影片營造情境，作為課前導讀。再者，進入課文內容，作者寫作本文時，有拍攝感人的紀錄片，可觸動學生深藏的記憶。

2. 教師講授

由於散文的語言情感強烈突出，較之其他文類容易被感受、被理解。然而在短短的篇幅中，作者所要傳達的言外之意則需要教師的引導與解釋，如何見微知著，以小見大，作者的種種情懷，在尺幅之間，透過文字的遣詞造句，敘述諸般光景，不僅準確達意，尚且富於變化。另一方面，教學過程中審問學生：「讀到了什麼？」「感受如何？」除了消極地協助學生集中注意力，分析和理解散文關鍵字詞，理解言外之意，主要還是引導學生品味散文的語言特色，注意修辭手法的使用和語氣的轉換，以正確理解作者的感情。

3. 書寫活動

透過分析自己的名字，正視作者所言：「名字是天下父母滿懷熱望的刻痕」、「是一兩個最美麗、最醇厚的字眼」、「是一篇簡短質樸的祈禱」，訓練學生對文字的敏感。

4. 分享發表

教師先作個案分享，自己如何命名女兒的具體故事，使學生思考自己的名字，能夠更加積極、主動，追究其中深刻意涵，並強化對課文內

容的印象。其後，請學生發表學習單豐富的內容，進而深化對課文的理解。

㈡ 第1週第2堂：把愛傳出去
1.教師講述
　　第一週第二堂課是延伸第一堂課的主題閱讀，由教師講授分享，由作者在課文所言第二個名字：「醫生」，介紹「仁醫心路：謝春梅醫師」，透過放映「小人物大英雄」與延伸閱讀〈一鏡到底：97歲算什麼！小鎮醫師謝春梅〉，讓同學明白醫者的偉大。

2.小組討論
　　其後，結合延伸閱讀，作小組深度討論。
　　緣此，教師上課流程大致為「情感導入」→「講解分析」→「課堂活動」→「討論分享」→「歸納課程」。以下則以另一篇散文為例，進一步說明。

㈢ 第2週第1堂：向愛致敬
1.情境營造
　　第二週第一堂課，在情感導入往往是引發學生興趣的重要時刻，短短的幾分鐘卻是非常關鍵，經營整個課堂氣氛的橋梁，依此導入學習情境，引導學生一睹為快的意願與熱情。以連加恩〈誰該被派去非洲〉為例，本篇是敘述散文，作者敘說他被派往非洲服替代役的過程，當兵期間舉辦「垃圾換舊衣」活動、興建孤兒院等。此一主題，作者將其拍成影像，題為「生命最美麗的相遇」，短短的7分鐘，學生卻能夠連結影片內容，把握貫串課文的情感線索，並且啟發學生想要閱讀的動機。
　　情感導入的方法眾多，不勝枚舉，或以學生原有認知為基礎，連繫日常生活點滴，作為進入新知識的媒介。或以貼進新知識的問題意識，不停提出問題讓學生思考。或創設另一情境，教師以親身為例，說一則

故事，誘發學生情感等，教師可靈活運用各式各樣的方法，結合感性和理智，把握散文中的抒情主題。近年來，筆者以爲現今學生對於影音特別敏感，透過播放影像，導入學習情境，是一不錯的選擇。而在選擇媒體方面，更以能夠引發更多的思辨討論爲優，時間大多在 5 至 10 分鐘，讓學生快速進入課文情境。

2. 教師講述

　　在講解分析方面，以往國文老師多將重心放置在課文解說的形式，不可否認，這是語文教學中最傳統的方式。然而現今學生對於教師單向的「填鴨」並不感興趣，如何引發學生興趣，依此體察作者的創作歷程，並能深入理解課文主題和內容，則在講解分析時，則有其技巧。本篇散文架構清晰，從給兒子的信爲背景始，敘說比較，從而聯想至史懷哲，而後提出感想，並以非洲服務的經驗作結。

　　首先，作者在敘述他成爲父親後的心境改變，忍不住將自己的孩子和別人比較，並叮嚀自己不可如此，告訴孩子這些影響人生的程度不大，而後提出其回饋社會和世界的看法。講解時除了分析該篇的文旨之外，更可引導學生從文章的字詞句篇中，沿波討源，去分析探究作者想傳達孩子的優勢和幸福何在？這其實就是一種「比較」，進一步地帶出「比較」兩個字，體察作者深刻的意涵。再者，透過第三者、其家人等相關資料的講解分析，學生更容易認識作者的性格，對解讀作品與課文所展示的「服務精神」，更可深入理解。誠如作者所言：「感受自己是一個幸福的接受者，並且學習如何給予他人福氣」的深刻意義。同學可以發表自己與家人「內心大告白」。作者透過史懷哲的故事，引導讀者要回饋社會和世界的目的，這其實都與生活密切相關，亦即「認知幸福」，因爲人們常常看到自己的不足，卻不見自己所擁有，進而就不會有幫助人的念頭，唯有意識到自己幸福的責任，「向愛致敬」，才能有動力去幫助有需要的人。因此我們不再需要比較，也能知道自己很幸福，即文章另一層核心概念。此一部分，視課文難易程度及學生理解能

力，大約進行 30 分鐘左右。最後說明作者文字的影響力，放映「連加恩臺大畢業生演講」，讓學生理解人生的重要性何在。

(四) 第2週第2堂：我的生命線

1. 小組報告

　　第二週的第二堂課主題是「我的生命線」，可用課堂分組討論、報告、書寫等不同形式，視文本內容而變。以作者在臺灣大學給畢業生演講的主題，作為小組報告的內容，說明自己的「生命線」。人人都有遇到困難或生命走到盡頭，以小組為單位，報告關於自己的故事，對於危機處理，自己如何尋求救助的管道，進且反省之。透過填寫「有感思辨」的學習單，全心全力地參與課堂活動，並將自己的感受與思辨歷程書寫下來。

2. 討論分享

　　透過「我的演出」，小組成員作「深度討論」紀錄表，提出自己的重要提問，即為「有感思辨」的重要內容。筆者強調深度討論的問題多為開放性問題，多為分析、推測、感受、連結、歸納等類型的問題，不論何者，都是為了與現實生活、社會作連結，課堂活動是為將散文回歸到日常，並吸取作品的中心思想，運用在現實生活之中。課堂活動若是小組討論，通常花費 30 分鐘左右，可視內容加以調整。另一方面，在討論分享中，養成學生思辨力的方法，設計問題一定要著眼於學生的思維內容，討論則側重於探索和發現的過程，如何變換思維，進行一種多方向、多角度的討論，則是課程的重心，進且帶動推理的思想交流。因此小組成員在課前，務必事先與報告組同學一同討論，協助他們設計出有一定深度、值得討論的問題，以啟發個人與團體的思考。再者，根據所讀，並充分利用補充教材，刺激思考，進行表達多樣性，甚且「另類」的答案，而後緊扣文本、一步一步抽絲剝繭，尋求真相。最後，每位學生皆需各別填寫「有感思辨」學習單，不僅更能專注課堂同學報告

的內容，更能透過提問問題、分析問題類型，試圖展開思考，將小組討論和自己作有機的連繫。另一方面，請同學上臺分享，可培養表達能力，分享即是交流的重要媒介，讓全體學生都有機會發意見，並敬重他人之發言，如此一問一答，一往一返，交叉撞擊，將可使學生與學生、學生與老師之間，相互切磋，取長補短，擴大見識。小組討論時間多在20分鐘左右。

　　最後由教師歸納課程、總結討論結果，並且緊扣教學內容，將所教的知識、情意等作一番梳理。此一部分視所剩時間多寡，靈活設計。

四、學習單

附件一

學習單設計說明

　　透過分析自己的名字，正視作者所言：「名字是天下父母滿懷熱望的刻痕」、「是一兩個最美麗最醇厚的字眼」、「是一篇簡短質樸的祈禱」，訓練學生對文字的敏感。本學習單問題1、2、3是測試型問題 TQ：4則為分析型問題 AQ。本學習單乃為深度討論前的暖身操。

「唸自己的名字」學習單

1. 我的名字是＿＿＿＿＿＿＿＿＿＿＿＿
2. 是誰取的？＿＿＿＿＿＿＿＿＿＿＿
3. 如何取的？＿＿＿＿＿＿＿＿＿＿
4. 透過這三（兩）個字，請分析每個文字，並說明隱含著的意義？

＿＿＿＿＿＿＿＿＿＿＿＿＿＿＿＿＿＿＿＿＿＿＿＿＿＿＿

＿＿＿＿＿＿＿＿＿＿＿＿＿＿＿＿＿＿＿＿＿＿＿＿＿＿＿

＿＿＿＿＿＿＿＿＿＿＿＿＿＿＿＿＿＿＿＿＿＿＿＿＿＿＿

＿＿＿＿＿＿＿＿＿＿＿＿＿＿＿＿＿＿＿＿＿＿＿＿＿＿＿

附件二

學習單設計說明：

　　深度討論的問題多為開放性問題，多為分析、推測、感受、連結、歸納等類型的問題，不論何者都是為了與現實生活、社會作連結。課堂活動是為將散文回歸到日常，並吸取作品的中心思想，運用在現實生活之中。學生經由提問學習，精熟類型編碼，而後能自主地提出問題，並敘述解決問題的過程。

國文課程「深度討論」紀錄表

授課教師：＿＿＿＿＿＿＿＿＿　　閱讀文本：＿＿＿＿＿＿＿＿＿

小組：第＿＿＿＿＿組

紀錄日期：＿＿＿＿＿月＿＿＿＿＿日

紀錄者（可含多人）：＿＿＿＿＿＿＿＿＿＿＿＿＿＿＿＿＿＿＿

發言同學	發言內容（記錄重要提問）	問題類型

問題類型編碼：測試型問題 TQ、追問型問題 UP、分析型問題 AY、
　　　　　　　歸納型問題 GE、推測型問題 SQ、感受型問題 AF、
　　　　　　　連結型問題 CQ

附件三

學習單設計說明：

　　透過填寫「有感思辨」的學習單，全心全力地參與課堂活動，並將自己
的感受與思辨歷程書寫下來。此外，透過小組深度討論的過程中，從回應他
組問題、各組成員說明觀點的過程之中進行對話，即為「有感思辨」的重要
內容。

「有感思辨」學習單

組別：第____組　　我的姓名：_____日期：____月____日

1. 關於本組報告中：

　⑴ 組員中，對誰的印象最深刻？為什麼？（感受型問題AF）

　　我是（　　）答：

　　我是（　　）答：

　　我是（　　）答：

　　我是（　　）答：

　⑵ 承上，請針對此一論題申論己見。（分析型問題AY、連結型問題
　　CQ、推測型問題SQ、歸納型問題GE）

　　我是（　　）答：

　　我是（　　）答：

　　我是（　　）答：

　　我是（　　）答：

　⑶ 整體而言，我給此組打幾分？請說明原因。（歸納型問題GE）

　　答：

2. 本組演出：請提出一個「重要提問」，並分析其「問題類型」。

　　（問題類型：測試、追問、分析、歸納、推測、感受、連結型問題）

我是（　　）答：

我是（　　）答：

我是（　　）答：

我是（　　）答：

我是（　　）答：

我是（　　）答：

我是（　　）答：

五、教學效益評估

　　本課程設計，讓學生分析內容結構，從「分析型問題」著手，在題目中找線索，比較異同、解釋觀點與詳釋文句，加以歸納。或以作者的情感活動，或以內容的事件景物，或以事物的象徵意義等為線索，試圖抽絲剝繭，梳理線索，在大量文字的描述中，找出全文的主軸，掌握作品材料的結構，進而以「推測型問題」，引導學生對文本產生更豐富、高層次的理解，釐清深化問題，並帶出更多的對話。在教學效益上，更顯現出學生在連接自我生活經驗後，多能學習多元化地思考，以避免見樹不見林、治標不治本或重蹈覆轍，進且開擴思辨能力，將思考系統化，以培養解決複雜的問題能力。

真實與虛幻的疆界

從《一級玩家》、《攻殼機動隊》深度討論AI與虛擬媒介

陳守璽

陳守璽，輔仁大學中文所博士，現職為國立臺灣師範大學兼任助理教授，同時任教於輔仁大學、國防大學等。主要研究領域為辭賦學、文體論、古代文論、西方文學理論、明清文學文獻等。教學專長為深度討論教學法、雅文學、影視文本美學鑑賞、性別研究、跨領域文本審美鑑賞等。秉持以學生為第一本位，以及貼近生活的教學為任教理念。撰有《清代古賦正典》、《明前七子辭賦研究》，編有《播種：第一屆野聲文學獎作品集》，另著有〈祝壽文化的剪影：明代「壽山福海」的圖文書寫〉、〈《歷代辭賦總匯》明代賦篇訂補〉等十六篇論文。

一、教學目標

在網路與生活緊密結合的現代，虛擬媒介、社群 APP 儼然成爲現代社會人類生活的主要場域。當人類日常與虛擬媒介的結合日深，AI、虛擬科技成爲時代演進的趨勢，AI 時代下的人們產生了什麼新的人文風景？出現了什麼文化現象？對人類的生活產生了什麼影響？以上問題，既是培養同學對生活、對社會脈動的視野與觀察，藉由深度討論教學法的施行，同時也訓練深度思辯、邏輯批判以及對「人與物之間的辯證思維」。藉此讓我們深思於當下、瞻望於未來，尋求自身與內心在當代的安頓，是爲本單元關注的人文情懷與心靈景致。

藉由對《一級玩家》、《攻殼機動隊》等相關影視文本的深度細讀（close reading），試圖達到以下成效：

1. 觀察與思考 AI、虛擬媒介在現今生活的應用。
2. AI 與虛擬媒介對產業結構、就業市場的影響。
3. 思考人類在虛擬世界或即將來臨的 AI 社會中的定位。
4. AI、虛擬媒介下的資訊辨讀。
5. 人與物之間的深度辯證。

二、討論課流程

閱讀文本	1. 主要文本：《一級玩家》（*Ready Player One*）、《攻殼機動隊》（*Ghost in the Shell*） 2. 網路短片：*Are You Living an Insta Lie? Social Media Vs. Reality* 3. 延伸文本：《西方極樂園》（*Westworld*）、《銀翼殺手》（*Blade Runner*）
進行時間	2 週 4 堂課，共 200 分鐘
教學方法	深度討論、蘇格拉底式提問（Socratic Questioning）、情境互動

課程規劃				
週次	討論主題		上課流程	時間分配
第1週	AI／虛擬媒介對人際互動的影響	課堂活動	學習引導：單元簡介與《一級玩家》回顧	5 分
		課堂活動	教學活動 1：自飾——自我的深度對談	8 分
			教學活動 2：觀賞 *Are You Living an Insta Lie? Social Media Vs. Reality*	5 分

		教師 講授	思辨方向—— 在虛擬世界裡，究竟是誰在跟誰互動？	30分
		小組 討論	試以「人在運用虛擬媒介互動時產生的問題」為思辨方向，對《一級玩家》作深度討論。	30分
		小組 分享	上臺報告：提問陳列與觀點陳述。	10分
		教師 總評	歸納引導：提問分析與回饋。 展望引導：從深度討論 AI 時代，到深度討論自己。	10分
第 2 週	A I 時 代的人 性反思	課堂 活動	學習引導：《攻殼機動隊》要點回顧。	10分
		課堂 活動	教學活動：Delete——討論情境營造。	10分
		教師 講授	蘇格拉底式提問：仰賴虛擬媒介的現代，我們的存在還真實嗎？	30分
		小組 討論	方案一：對電影「何為人？何謂真實存在？」的議題進行深度討論 方案二：針對教師講授的議題，將全班分為正方、反方進行辯論	30分
		教師 總評	歸納引導：從正、反方的觀點，看見身處的矛盾。 展望引導：尋繹自身的真實性、存在感如何建立？	15分

三、流程說解

(一) 第1週：AI／虛擬媒介對人際互動的影響

　　此處主題、教學流程的擬定，是為高階教學目標設計。教學現場需考量同學的年齡、程度、學歷層級、興趣傾向等個別差異，故將初階、

中階教學目標等相關主題，敘寫於「其他教學目標」一節。方便教師依學生需求選取合適的主題、面向與課程時數，進行深度討論的內容安排。

1. 課堂活動：學習引導

自 1965 年的達特矛斯會議（Dartmouth），世界第一次出現人工智慧（Artificial Intelligence）這個名詞，[1] 人工智慧（簡稱 AI）已經從初始的四大發展目標，[2] 經歷了三次發展高峰。[3] 如今，AI 的意義不僅僅是試圖在機器上重現人類的「智慧」，同時還影響著未來人類在 AI 社會中的定位，以及身處現實與虛擬世界的人們，在真實與虛幻的疆界間擺盪而存在的哲學問題。

課程選定的文本為恩斯特‧克萊恩（Ernest Cline）於 2011 年 8 月出版的科幻小說《一級玩家》，原著並於 2018 年由史蒂芬‧史匹柏（Steven Spielberg）執導改編成同名電影。文本的選擇基於以下幾點理由，(1)《一級玩家》同時兼有文字與影像兩種文本類型，具有多重的閱讀性，甚而可以進行跨領域文本的審美對讀比較。(2) 無論影像或文字，年輕族群對兩類文本的接受度頗高，有助於激起討論動機。深度討

---

[1] 關於人工智慧的定義，一般而言，大致可從五個方面理解。(1)AI 就是令人覺得不可思議的電腦程式。(2)AI 就是與人類思考方式相似的電腦程式。(3)AI 就是與人類行為方式相似的電腦程式。(4)AI 就是會學習的電腦程式。(5)AI 就是根據對環境的感知做出合理行動，獲致最大效益的電腦程式。以上五種定義，詳可參李開復、王詠剛：《人工智慧來了》（臺北：遠見天下文化，2017 年），頁 39-55。

[2] 達特矛斯會議的舉行除了正式掀起人工智慧研究的序幕，同時還擬定了 AI 研發的四大目標。是為：(1) 懂得使用語言。(2) 解決只有人類可以處理的問題。(3) 擁有抽象化與概念化的能力。(4) 可以自我改良。

[3] 人工智慧的發展，至今大致可分為五個時期。(1) 沉睡期（1943-1947）。(2) 黎明期：第一次高峰（1956-1974）。(3) 處理大量資訊的電腦時代：第二次高峰（1984-2005）。(4) 深度學習誕生與急速發展的時代：第三次高峰（2006-2017）。(5) 今後發展與奇異點（2020-2045）。相關內容可參三津村直貴著，陳子安譯：《圖解 AI 人工智慧大未來：關於人工智慧一定要懂的 96 件事》（臺北：旗標，2018 年），頁 18-19。

論的學習作用，在於訓練學生思辨的深度、廣度與解讀。學生感興趣的文本只要意蘊足夠豐富，類型未必需要拘泥。⑶《一級玩家》的主題之一即在「破除表象的虛幻，回歸有深度的真實」，背景的設定與虛擬科技的當下和未來相符，討論具有當代意義。四、影視文本的審美鑑賞同原著小說一般，泰半借鑑西方文學理論為津梁，與文學並無二致。其次，深度討論更著重於思辨的縱深與層次，即便採用影視文本也往往措意於意義解讀與推闡，與傳播專業的講究異趣，故無須妄自菲薄。至於課前準備，為提升深度討論的提問成效，預計於前一週發放學習單請同學填寫。一則確保課前的文本閱讀，一則訓練同學對深度討論的掌握與熟練度。

2. 課堂活動：教學活動

⑴自飾 ── 自我的深度對談

　　請同學用畫筆或文字，描繪自己期待、喜歡的樣貌。舉凡直觀有形的樣貌、衣著、性別、年齡等，抑或內涵抽象的性格、特質、才能、條件等。自由選擇，隨心造化，但必須是自己想成為的樣子，而且切勿天馬行空。設計目的有三：其一，訓練同學自我覺察的能力，以及言說表達的能力，與臺灣師範大學中文思辨與表達課程的訓練宗旨相副。其二，營造深度討論的情境。其三、在深度討論身處的 AI 時代之後，能進一步回歸觀照自身。完成先由「人及於物」，再由「物及於人」的辯證循環，如此能更深刻思考自我在時代洪流中的安身立命之道。

⑵觀賞 *Are You Living an Insta Lie? Social Media Vs. Reality*

　　Are You Living an Insta Lie? Social Media Vs. Reality 影片長約 3 分 15 秒，[4] 全程無對白，有助於同學集中心思觀看。短片透過虛擬社群與現實景況的先後對照，貼切的反映時下人們在虛擬世界與現實世界間，

---

[4] *Are You Living an Insta Lie? Social Media Vs. Reality*，連結網址為：https://is.gd/STCLWG

樣態呈現的反差和心理狀態。

3. 教師講授：思辨方向——「在虛擬世界裡，究竟是誰在跟誰互動？」

　　透過「自飾——自我的深度對談」，讓同學設想期待的自己，同時具有選擇權。此情境一如虛擬實境（Virtual reality）、虛擬世界上的每個人，可以決定自身呈現的種種樣態。再透過短片觀賞，具體呈現人們在虛擬社群凝視（Gaze）中的自我形塑。[5] 藉由以上兩個教學活動，讓同學體驗到在現今的虛擬媒介上，我們選擇了樣貌、選擇了性別、選擇了自己喜歡的一切、扮演任何想扮演的角色，卻唯獨沒有成為自己。就像《一級玩家》中的 Art3mis 說：「你活在虛幻裡，你只看見我要你看見的那個我。」[6] 在虛擬的世界裡，究竟我們在跟誰互動？又是用自我的哪部分在互動？在帳號裡、角色裡，我們看見什麼？我們呈現什麼？我們相信什麼？一切是真實的嗎？透過上述引導指出問題，敦促同學就此面向發想提問，進行後續的小組深度討論。

4. 小組討論與分享

　　深度討論的命題設計為：「人在運用虛擬媒介互動時產生的問題」為切入點，對《一級玩家》作深度討論。討論進行時，教師可藉巡察討論情形的機會，觀察各組提問狀況。其目的有四：其一，觀察各組提問

5　「凝視」是運用視覺理論的觀念，指涉自身在他人視野影響下的自我呈顯。拉岡（Jacques Lacan）認為，「在想像的關係之下，自我如何被置放在他人的視覺領域之中，以及自我如何看待自己的立身處境，是經由他人如何看待自我的眼光折射而成。人總是意會到他人與自我存在的關聯，透過這樣的帷幕（screen）來構成對自我的再現。」詳參廖炳惠編著：《關鍵詞 200：文學與批評研究的通用辭彙編》（臺北：麥田出版，2003 年），頁 120。

6　引文是就消極方面而言，就積極層面而論，《一級玩家》在深淺不同的意義層次上，皆在呼應「破除表象，與真實連結」的核心精神。如韋德（Wade）在彩蛋的競逐中勝出的原因，不在於技術或表面線索的掌握，而在於他更具體的去認識哈勒代（Halliday）這個人——他的成長、過去與遺憾，與真實的哈勒代建立連結。又如虛擬世界「綠洲」（OASIS）的創始人哈勒代給玩家最大的禮物，就是從「綠洲」中回歸現實，回歸現實世界真實的互動等皆是。

內容，作爲教師總評與回饋時的準備。其二，協助同學凝聚問題意識，增進同學提出高層次提問的機率。其三，藉由對同學提問的追問（蘇格拉底式提問），協助同學釐清自身思辨的趨性（系統性思維、分散性思維）。其四，透過綜覽提問的類型與方向，可在「小組分享」階段讓各組進行對話交流，而非僅停留在提問與觀點陳列的各自表述。

5. 教師總評

對各組的成果給予回饋，同時在學生深度討論 AI 時代之際，能進一步將觀照回歸自身。尋思在時代浪潮下的展望和啟示，達成初步的人與物（世界）之間的思辨循環。另將第一週討論主題，教師可選擇進行的討論面向，陳列如下：

(1) 互動的表象化：玫瑰色眼鏡、選擇性呈現、看見自己想看見的，相信自己想相信的。

(2) 關係的淺薄化：無法親近、無法深入、無法認識真實的他者、無法與他人產生連結。

(3) 人際的疏離化：似近實遠的人際互動，以及語文表達的退行。

(4) 人的選擇與自主性受到操控：訊息推送以及演算法的影響，資訊接收的片面性與遮蔽性。

(5) 在虛擬與現實中，哪個更能認識、呈現自我？哪個更難或更容易活出自己？

(6) 在虛擬與現實間擺盪／切換的現代人，容易形成什麼困擾？

教師可依同學的年齡、程度與喜好，挑選議題作爲討論主軸，並於總評時提點：「看見問題之後，你覺得可以爲自己的生命做些什麼？」

(二) 第2週：AI時代的人性反思

1. 課堂活動：學習引導

選定文本爲 1989 年日本漫畫家士郎正宗的連載漫畫《攻殼機動隊》，1995 年押井守執導同名動畫電影而在國際名聲大噪。《攻殼機

動隊》的英文名為「Ghost in the Shell」，直譯為「軀殼中的鬼魂」。
不過文本中的「Ghost」另有深層的義涵，意謂代表人類個性的意識、
人類之所以存在而無法複製的靈魂。《攻殼機動隊》探討人類心靈與肉
體的二元議題，[7] 自然帶出：何謂人？何謂真實？人與非人的界線為何？
人（物）與擬仿物間的區隔為何？在工業化機械複製時代的浪潮之後，
而今又邁入現實虛擬化的 AI 時代，人類作為獨特的生命存在備受挑戰
的此刻，深度討論這部作品更有其時代意義。

2. 課堂活動：Delete —— 討論情境營造

操作方式有兩種，一者請同學上繳手機，並讓同學在沒有手機的情
境之下設想如何與朋友互動、聯繫。一者請同學試想刪除 Instagram、
Line、WeChat、Facebook 等社群 APP，以及通訊聯絡人資料。當互動
的社群平臺不再，曾經的朋友、對話、記憶、經歷，以及曾經傾注的情
感、經營的關係等，還覺得真實依舊？還感覺一切存在嗎？是否試想的
時候，心中有過一絲懷疑？

3. 教師講授：蘇格拉底式提問 —— 仰賴虛擬媒介的現代，我們的存在還真實嗎？

⑴蘇格拉底式提問

講授時可運用「蘇格拉底式提問」進行。相對於一般的講述或是提
問引導，蘇格拉底式的提問可針對單一主題追問一位或若干位同學，或
是針對一位同學進行連慣性的問答辯證。優點在於藉由追問之間，深掘
同學自身的思辨，同時還可協助（示範）促使單一或參與論辯的若干位
同學，梳理自身思辨的系統性與邏輯性。

一般認為「蘇格拉底式提問」的運用，在教學目標的助益上大致有

---

7 笛卡爾（René Descartes）認為人類的心靈與肉體是兩個可分離的相對獨立概念。笛卡爾的這種
　主張稱為「心物二元論」，《攻殼機動隊》藉此探討在機械科技發達的未來，人與 AI、賽博格
　（Cyborg）甚至其他物種間的區隔，進一步反思人的定義。

兩點：

　　(1)深入探討學生的思維方式，幫助學生開始區分他們所知道或
　　　　理解的內容，以及他們不了解或理解的內容（並幫助他們在過
　　　　程中培養智慧與謙遜）。

　　(2)培養學生提出蘇格拉底問題的能力，幫助學生獲得蘇格拉底
　　　　式對話的強大工具，以便他們可以在日常生活中使用這些工
　　　　具（質疑自己和他人）。為此，教師可以模擬他們希望學生模
　　　　仿和使用的提問策略。此外，教師需要直接教授學生如何構
　　　　建和提出深層次的問題。除此之外，學生需要練習來提高他
　　　　們的提問能力。[8]

藉由「蘇格拉底式提問」的教學問對，[9]一者凸顯了「提問」在學習中
的重要性，再者讓同學體會系統思維與分散思維的區別，三者啟示了深
入思考、質疑批判的思辨能力。同時可以直接刺激學習活動中建構、培
養「提出深層次的問題」的能力，此一目標正與深度討論教學法的期待
一致。此外，「蘇格拉底式的提問」運用於教學現場，教學成效的預期
評估為：

　　蘇格拉底式提問技巧，可有效探索深層的意涵，適用於各年級學
生，對教師而言是很有幫助的教學策略，可用於教學單元或專題的不
同階段。教師可透過蘇格拉底式提問，促進學生獨立思考，而成為學

8　見維基百科，「蘇格拉底式的質疑」條，連結網址：https://is.gd/hsv9zT
9　關於「蘇格拉底式提問」的施行技巧，一般而言大約有以下七點：(1)設計關鍵性問題，讓對話
　　具有意義，並可主導主題方向。(2)運用等待時間：為學生預留至少三十秒的時間思考。(3)持續
　　關注學生的反應。(4)問題應具有探究性。(5)可將討論過的要點寫下，以定期總結。(6)盡量多
　　讓不同學生參與討論。(7)讓學生透過教師所提的問題，領會所學的知識。詳可參「蘇格拉底式
　　的提問你學得會嗎？」連結網址：https://kknews.cc/news/y26nbjj.html

習的主體。同時也可激發學生的高階思考能力，包括討論、思辯、評量及分析技巧。[10]

是知「蘇格拉底式提問」教學能有效訓練同學的邏輯思辨能力，同時促進同學具有「獨立思考與判斷的能力」，成為實至名歸的大學生。

⑵我們的存在還真實嗎？

透過「Delete——討論情境營造」的教學活動，教師可以運用蘇格拉底式的對話追問同學：當人的意識、情感、經歷、生活的點滴……皆發生在、寄託在虛擬媒介而非現實世界。當虛擬社群平臺消失的那一刻，網路上經驗的一切，甚至我們的生命、我們的存在還真實嗎？還能算是一種存在嗎？

其次，當身處虛擬世界的趨勢裡，在虛擬媒介上無盡的 Icon 間，每個人的獨特性何存？再者，個體自我的追尋，是否因為虛實之間的疆界模糊，使自我淹沒在虛擬空間而更難認識、更難活出自己？人類的存在如何凸顯出存在的意義和獨特性？或成為現實中不可擬仿的真實？透過上述追問指出矛盾，讓同學對此進行辯論。

4. 小組討論與教師總評

深度討論的命題設計為：「何為人？何謂真實的存在？仰賴虛擬媒介的現代，我們的存在還真實嗎？」期待同學思辨自身與外物（身處的 AI 時代）之間，面臨矛盾與困境的自處之道。此處的深度討論可作兩種安排設計。承繼「蘇格拉底式的提問」模式進行，其一延續「教師講授」的論辯熱度，將辯論的正反方預設為「教師 vs 學生」。其二將論辯的正反方預設為「學生小組 vs 學生小組」。

不過無論教師是否參與辯論，皆需對正反方論點有相當程度的掌握，方能操作「教師講授」階段以下的「蘇格拉底式提問」。因此整理

---

[10]「蘇格拉底式提問」相關內容，詳可參網址：https://is.gd/XsNRvr

第一、二週教學目標「人與物之間的深度辯證」依據思辯問題的深淺，區別為表象層次、根本層次、生命層次三者。教師授課時可依循各層次的問題，依據同學喜好或較感興趣的部分，自行調配授課面向。運用選擇的議題層次引導同學進行不同面向、不同週次的深度討論安排。以下分點敘述：

(1)媒體、訊息與上癮（表象層次）

隨科技的發達以及網路媒介的興起，現代人的訊息傳遞、閱聽解讀甚而人際互動，往往以虛擬媒介為基礎。隨之而來，資訊的流傳、訊息的解讀、人際的互動等，都因此產生了遮蔽性與假象存有的空間。其次如線上遊戲、線上角色、網路形象的呈現等，讓人與虛擬媒介本身、與虛擬媒介上的自己，衍生出上癮、界線模糊以及製造假象等問題。甚而在虛擬與現實的切換中，迷失了自我，失去了真實的自己。

(2)關係、感官與感知的假象（根本層次）

深一層思考，我們感知的一切是真實的嗎？有沒有值得商榷之處呢？

①感受與行為表現

從自身感官而言，夢境與現實感受的一切一樣真實。從科技感官而言，虛擬實境、全息投影、4D 電影等技術，讓虛擬營造出的感受跟現實一樣真實。從人在虛擬媒介中的表現而論，在網路平臺呈現不為人知的自己，已經比現實中的你還真實。受控的虛擬角色、虛擬偶像（如初音未來）、複製人……一個指令一個動作，已經比現實世界中偶然虛偽的我們還要真實。到頭來發現，**我們在虛擬媒介中可以成為任何人，卻唯獨沒有成為（真實的）自己；但也在虛擬媒介中，呈現了隱藏在現實中某部分真實的自己**。既然感受與真實性在現實與虛擬間並沒有清楚的界線，那又如何肯定我們現下所感知的一切、我們活出的人生狀態，是一種真實？

②記憶

　　若說親身經歷而形成的「記憶」，是因為真實、因為存在而生的產物，也是人與擬仿物（Simulacra）、複製人的區隔。「曼德拉效應」（Mandela Effect）、[11]電影《全面啟動》（*Inception*）應用的心理學理論卻也告訴我們，記憶可能在回憶、提取的過程中被大腦、心理、潛意識給變造、潤飾與修改。那麼「記憶」還有我們以為的那麼真實嗎？又怎麼能以「記憶」作為區辨真實與否的依據呢？

③關係

　　即便不透過虛擬媒介（社群 APP）互動，人與人的「關係」本身，在認識和靠近的過程本來便存在投射作用、月暈效應。是以相愛容易相處難，說的不僅僅是愛情，實際上人與人關係的根本，便是在「營造假象、破除假象，認識真正彼此」的交替循環中逐步建立親密的，故有用「刺蝟」比喻愛情的象徵。更遑論現今的互動常是通過虛擬媒介進行的，更加強了關係裡原本玫瑰色眼鏡的假象。是知人與人的「關係」本身，假象正是認識過程的一部分。

(3)**人的存在與感知，甚至生命，真實嗎？（生命層次）**

　　承繼上述質疑再深一層想，如果現代社會的「人」在訊息傳遞、互動媒介、人際關係、記憶、意識、感知、行為……等方面，因為林林總總的原因而有許多不真實性。或許是與擬仿物／人、其他物種的界線模糊，或許是在諸多假象與模糊之處，迷失了自我、遺忘了真實的自己，或許是世界（自然）上、生活（行為）中皆有許多矛盾弔詭之處。**那麼，人的存在還是一種真實嗎？我們的生命算是真實的生命嗎？或者人**

11　曼德拉效應（Mandela Effect），是一種都市傳說或陰謀論，指大眾的集體記憶與史實不符。支持這一論點的人認為我們的生活已經從原本的平行宇宙透過時空跳躍進入現在的平行宇宙，而反對者則認為這並不存在。目前主流科學界沒有科學研究證明這一「效應」的真實性。以上引自維基百科，「曼德拉效應」條，連結網址：https://is.gd/iBnkon。相關內容尚可見老高與小茉 Mr & Mrs Gao：〈曼德拉效應，是誰動了我的記憶〉，連結網址：https://is.gd/9jZ8ka。

類生命的存在，還是那麼獨一無二的嗎？以上各層次的矛盾、省思、質疑，探索到最深層處，必然指向對人類生命的真實性，對生命存在的質疑。

①若記憶是區別「真實」、人之所以存在的判準

當現今人們的互動都依賴手機、網路、虛擬媒介，而非來自於現實生活的時候。當人類大部分的生命記憶都是在虛擬媒介中創造的，那麼這些記憶的真實性如何？能夠作為區別真實與虛幻的判準嗎？而這樣的人生還算是真實的人生嗎？

②若自我意識是區別人不同外物而存在的判準

基因、染色體猶如程式編碼，生命的劇本和主導性不在「自我」（意識），人只是執行、將劇本演出來、將基因具體化的載體。那麼人和機器人、複製人、移植意識與記憶到機器身體上的混合人有何區別？更何況在未來，老年人的身體上會裝更多的人工器官。生命獨一無二的特性、人存在的自主性因此而模糊，那麼人的生命還有我們以為的那麼真實嗎？

⑷餘論：小組深度討論（辯論）議題整理

① 人與人的關係往往建立在虛擬媒介，那麼這份關係的存在是真實的嗎？

② 人們的生活與記憶往往建立在虛擬世界多過於現實世界，那麼我們的生命還真實嗎？

③ 人類生命的真實性受到哪些挑戰？有哪些矛盾？對現今人類造成的影響為何？

④ AI 時代下，人的真實性、存在感該如何建立？如何更真實的活著？

⑤ AI 時代下，人類對自我的生命可以如何期許？如何想像？又可以有什麼新追求？

(三) 其他教學目標

為方便教師依據需求調整課程，依主題深淺概述深度討論的其他主題，讓操作者可自行選擇、調配課程內容。

1. 初階教學目標

初步的教學目標有二：(1)AI、**虛擬媒介現今的應用**。(2)AI、**虛擬媒介對產業的影響**。首先是讓同學觀察 AI 科技、虛擬媒介在日常生活周遭的運用。其次進一步藉由蒐集資料、引導討論的方式，讓同學體會 AI 與虛擬媒介對職場結構、就業市場的影響。

對現況有初步的認識後，最後讓同學思考人在虛擬世界，或即將來臨的 AI 社會中的定位。如：在網路、虛擬、AI 社會裡，人類（你）的

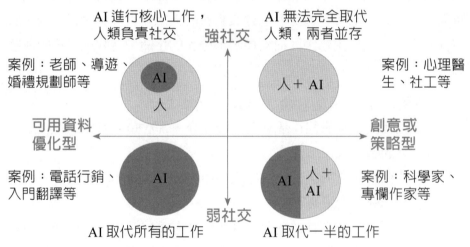

重複性高、工作可量化成數字、思考
時間不超過 30 秒等工作將被取代

人類與 AI 共存的藍圖：X、Y 軸分別代表創意和溫度
資料來源：AI 新世界　李開復，MIC 整理，2019 年 10 月

圖一　人類與 AI 共存 [12]

---

12 李開復：《AI 新世界》（臺北：天下文化，2019 年），頁 362。

工作和人生將如何規劃？如何因應被取代的問題？

2.中階教學目標

　　中程的教學目標，授課教師可將焦點放在：**AI、虛擬媒介下的資訊辨讀**。相關的講授要點。大抵可分為四項：

(1) 閱讀選擇與資訊刪汰。

(2) 對訊息意義的深度思辯。

(3) 訊息行銷：廣告與消費。

(4) 訊息的引導與控制：①工具階段：誰是使用者？誰掌控？② AI
　　 意圖：機器人三定律。[13]

　　在資訊快速藉由虛擬媒介流通的現今，資訊流量已超越人腦高效識讀的處理範圍。因此如何在資訊爆炸的未來，辨讀有價值的訊息，去蕪存菁，甚而進一步釋讀訊息意義的縱深與廣度，已成為必要的生活之道。其次，對於目前的訊息流通型態，可以帶領同學進行深層的思辯。例如訊息的推送與消費行為的關係，以及訊息推送的機制背後，是否存在思想控制的意圖？若有，操控者為誰？這個思考點是否與某些時事、新聞有關係？或可從中窺見端倪？這部分可以作為引導同學深度討論AI 與虛擬媒介在生活周遭的即時影響。

---

[13] 機器人三定律（Three Laws of Robotics）是科幻小說家以撒‧艾西莫夫（Isaac Asimov）在他的機器人相關作品和其他機器人相關小說中為機器人設定的行為準則，是艾西莫夫除「心理史學」（Psychohistory）外，另一個著名的虛構學說。以上引自維基百科，「機器人三定律」條，連結網址：https://is.gd/hH0Fmh。三定律的內容為，第一法則：機器人不得傷害人類，或坐視人類受到傷害。第二法則：除非違背第一法則，否則機器人必須服從人類命令。第三法則：除非違背第一或第二法則，否則機器人必須保護自己。

四、學習單

附件一

學習單設計說明：

　　第一週學習單的設計以「個人思辨」為主，目的有五：其一、訓練文本分析的閱讀能力，掌握文本主題。其二、作為課堂討論的前置預習，提升教學現場的討論深度與學習成效。其三、對提問作自行判斷和歸類，同學能更熟悉提問類型，同時對自身思維傾向有進一步的認識，推動思辨深化的可能。其四、藉個人經驗的回憶和敘寫，一則訓練表達，一則營造討論情緒，一則與教學活動「自飾──自我的深度對談」接軌，使同學自然融入活動情境，有利後續的討論互動氛圍。其五、藉同學的分享意見，作為來年授課重心的參考，同時了解世代差異，使教學貼近學生。

學院	系級	姓名	備註
一、論點摘要	試將《一級玩家》反映的主題，以己見摘舉出，並**以標號條列**之：		
二、個人提問	請就電影主題提問。**提出問題、反思或反駁**。請標號條列：		

三、提問類型	請試著自己提出的問題作深度討論問題類型歸納（可複選）：Ex：1. 分析 Ay、推測 SQ；2. 連結 CQ
四、經驗連結	請以 150-200 字簡述自身操控線上角色的經歷、感受、省思以及遇到的問題（含社群 APP、線上遊戲、運用網路媒介的互動……等）

附件二

學習單設計說明：

　　第二週的討論單設計以「小組論辯」、「師生論辯」為考量，在課堂活動「Delete──討論情境營造」進行後發放討論單。小組先對第一、二部分作初步討論，凝聚小組共識。其次，無論進行小組間的論辯競賽，或者師生間「蘇格拉底式」的問對論辯，皆可以第一、二、四部分為基礎。與此同時，討論單也記錄下同學思辨推衍的過程，對師生皆有觀摩價值。再其次，論辯結束後再讓小組重新對討論單的內容予以整理、增補，既能追憶論辯內容，增加學習效果，同時還能促使同學釐清論辯間的觀點，有助思辨的深化。

學院	討論成員	書面記錄人	主要討論人	口頭報告人

一、小組 　　討論	1.《攻殼機動隊》中，**素子**認為構成「**人**」的關鍵是什麼？支持的原因為何？
	2. 同學認為素子的判斷標準是否有盲點？請試圖反駁他。
	3. 請分別從**魁儡師**、**巴特**的觀點／立場，思考什麼是生命？生命是自然的還是文化的？生命的意義又是什麼？具有「個體意識」的魁儡師、巴特是否算是人？是否可被視為具有生命？以上議題經討論後，同學的想法為何？
二、本組 　　提問	關於《攻殼機動隊》中「何為人？與他者的區隔為何？獨特性又為何？」等中心議題，同學經小組深度討論後有何提問？有何生命體會？
三、問題 　　類型	請試著自己提出的問題作深度討論問題類型歸納（可複選）：Ex：1. 分析 Ay、推測 SQ；2. 連結 CQ
四、本組 　　回應	關於其他組的提問意見，本組可以提出什麼回應、補充或反駁的觀點？

五、教學效益評估

　　「大學是訓練學生具有獨立思考與判斷的能力」，相信這是大家都耳熟能詳的話。然而在中文表達力、思考力雙雙失落的今天，[14] 學生對大學國文的在意程度相對缺乏，問題何在？要回應這個問題，並進一步評估深度討論課程的教學效益，或許要先探究原本的教學局限。

　　若借鑑艾布拉姆斯（M. H. Abrams）對文學藝術作品生成的四要素觀點（如圖二），文本是連結作者、讀者與世界的中心，因而西方研究者曾提出「文本中心」的理論主張。爾後隨時代變遷，方有以「讀者為中心」的理論轉向。

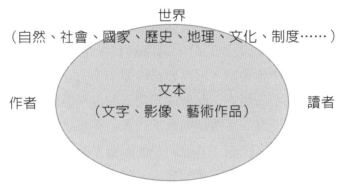

〔美〕艾布拉姆斯（M.H. Abrams）
The Mirror and Lamp: Romantic Theory and the Critical Tradition
圖二　文學與藝術作品構成的四要素[15]

---

[14] 〈搶救智商，要「異才」不要天才〉一文認為現代人往往只看簡單、易懂的書，甚至不看書，因此思考能力、解決問題的能力都衰退了。文中並提出「從教育著手改革，培養有『思考力』的人才」、「為人父母、為人師表者所扮演的角色應該是適度的陪伴者，讓孩子發問、陪孩子思考」、「最好的老師要像桿弟，不是『教』，只是給予『指點』和『建議』。父母也是一樣。」詳見《商業週刊》第 1153 期（2009 年 12 月 24 日出刊）。

[15] 〔美〕艾布拉姆斯著，酈稚牛譯：《鏡與燈：浪漫主義文論及批評傳統》（北京：北京大學出版社，1989 年），頁 4。

實際上這個現象不僅僅在研究界，就教學而言，教師的教學往往也專注在「文本中心」，首重文本的講授，漸次拂掠作者、世界的相關知識。就基礎知識的建構階段而論，這樣的方式與教學效益無疑是成功的。然而當文化底蘊的學習不再局限於升學考試的壓力，單單文本知識的講授而不能讓學生感同身受、與外在環境連結，學習意願與教學效益自然衰落。是以從基礎教育至大學階段，國文教學也必須經歷從「文本中心」到「讀者中心」的本質轉向。

透過深度討論教學法的實踐，設計營造相應討論情境的教學活動，配合蘇格拉底式提問的問對互動，學生會從單純的聽講者成為思考者、提問者，課堂中心自然轉向以學生為第一本位。同時由於情境的營造和論辯的參與，學生與文本的連結增加，透過文本與身處環境（世界）的連結也由是而生，學習的效益與動機自然提升。或許有人會對學生在面對深度討論、蘇格拉底式提問時，適應的狀況抱持質疑的態度。事實上，初試啼聲的確步履艱辛，因為要扭轉學生十七年來的學習慣性，時間和耐心是師生都必須要的。此外尚需釐清的是，亞洲學生的學習表現本就較為矜持，沒反應、不敢提問並不代表內在思維沒有受到影響。再者，只要有一位同學有反應，其他同學便能觀摩論辯的過程，同時刺激自己的思維深度，也能達到教學的效益。以上兩點提供操作討論課的教師參考。然而即便學生害羞、適應有限，教師仍可逐點同學引導問對並給予鼓勵，提升同學自主提問的信心。一則逐步協助同學打破思辨／學習的慣性模式，一則推動同學從一枝獨秀到眾聲喧譁，逐步提升教學效益。

關於文本的選擇，有幾點個人的意見分享。「學習者為中心」的文本，能增加同學與文本的連結，有效提升學生參與深度討論的意願，同時在討論後也更能與現實境域連結，回歸自身的體悟。可以說以「學習者為中心」的文本，對教學效益的提升影響甚鉅。那麼在**實踐深度討論教學為前提**的情形下，怎麼選擇是以「學習者為中心」的好文本？回應這個問題前，先請試想「討論課的重點是什麼」？應該是經過討論課之後，學生的思辨深度得到啟發。既然如此，兼具以學生為本位，以及啟

發思辨性的文本為最佳。因此，個人喜歡從受歡迎的大眾文化裡挑選文本，表現形式則文字、影像、音聲、動態表演之間的構成比例不拘。

　　以本文為例，《一級玩家》、《攻殼機動隊》兩部影像文本頗受學生關注。然而受限於解讀與思辨能力，多數人往往僅留意到表面、流行的意義層次。透過深度討論教學的設計與實踐後，正讓學習者感受到與原先觀賞經驗之間，前後深度與思辨的反差。就教學效益而言，一來學習印象會特別深刻，二來能真實體驗到深度討論教學後的「深度」。就學習感受而論，經過深度討論之後，學生對於文本的解讀產生「陌生化」（Octpahehue）的效果，[16]既感受審美體驗，同時提升學習期待。對於文本性質，對於深度討論的操作，或有不似國文課、不必中文專業來授課等質疑。首先，無論文本性質、構成比例為何，重點在於傳達的「意義」，以及其意義與期待同學省思和領略的文化精神。重點的確不在於「載體」本身！其次，對於「文本」的定義需要更寬廣的理解，就文化研究（Cultural Studies）的角度而論，舉凡報章雜誌、海報傳單、各式傳播媒介等形式呈現的大眾文化，[17]皆是納入探討的文本範圍。再其次，在「實踐深度討論教學的前提」下，文本是引導達成深度思辨的

---

[16] 「陌生化」是形式主義的重要觀念，為俄國文論家什克洛夫斯基（Viktor Shklovsky）所提出。他的原意是新奇、出人意外，異乎尋常、不平常。什克洛夫斯基認為：「慣性可以吞噬工作、衣服、家具、妻子及對戰爭的恐懼。……藝術存在就是讓人恢復生命激情，讓人感覺事物，讓石頭更像石頭。藝術目的在於傳遞人們對事物感受的激情，而不是單單去明白。藝術之道在於使事物『陌生』，使形式困難，增加感受的難度及長度，因為感受的過程本身就是一項美學目的，故必須延長。藝術是去體驗物體精妙之處的一種方法，物體並不重要。」詳可參方珊：《形式主義文論》（濟南：山東教育出版社，2001年），第二章第三節。

[17] 「如果說文化研究的中心是大眾文化的研究，而大眾文化研究的中心是傳媒，特別是電視文化的研究。」見朱立元主編：《當代西方文藝理論》〔增補版〕（上海：華東師範大學出版社，2005年），〈文化研究〉章，頁460。又如「在文化研究的脈絡下，『文本』（text）這個概念不只是在講書寫下來的文字，還包括了電影、攝影、時尚或髮型。文化研究的文本對象包含了所有有意義的文化產物。同樣地，『文化』這個概念也被擴大。對一個文化研究者來說，『文化』不只是傳統上所謂的精緻藝術（high art）與普普藝術（popular art），還包括了所有日常的意義與活動。事實上，上述的後者已經變成了文化研究中的主要研究對象。」以上見維基百科「文化研究」條，連結網址：https://is.gd/nHOV72

引子，猶如傳統文論所云的「登岸捨筏」。目的是登岸、達到思辨深度的教學效益，載體只是過程，不是終點。再其次，就教學操作上，可經由流行文本為引，以文化信息為骨幹。以本文設計為例，或以兩部電影為起點，但後續可順遞談莊周夢蝶、齊物論、佛家哲學、存在主義（Existentialism）等內容。再其次，一者思辨、表達的載體是中文。再者，無論文本為何，深度討論後帶給同學的是文本的「意義」，及其背後的文化底蘊、文化精神。以上兩點皆與中文專業息息相關，僅是在文本選擇與教學方法上，運用更靈活的實踐技巧，如是而已。基於以上種種緣由，個人認為深度討論教學的實踐，使教學現場成為師生雙向的思辨交流，有效提升教學效益與學習能動性，有助於現今大學國文的教學轉向。

古典

古代婦女的哀與愁
古詩〈上山採蘼蕪〉的深度閱讀

陳嘉琪

國立東華大學中國語文學系民間文學博士，現為國立臺灣師範大學共同教育國文組兼任助理教授，又於臺北市立大學、輔仁大學等校任教。研究領域為神話、民間文學、上古歷史傳說。博士論文《南宋羅泌《路史》上古傳說研究》於中國社會科學院出版。在大學任教之餘，同時也參與 108 新課綱下技術型高中國文教科書與相關教材的編寫，目前持續精進教學與學術研究的雙軌工作。

一、教學目標

　　〈上山採蘼蕪〉為《玉臺新詠》所選錄的一首古詩，富有故事性與戲劇性。全詩僅用了十六句五言的敘述，一百字以內的篇幅，便鮮明刻畫了男女主人公離異後，再度重逢的複雜心情，側面書寫了漢代男尊女卑，女子無子見棄的社會現象，以及古人對於婚姻的看法。本詩的特點在於詩人留下足夠的線索提供讀者復原、拼湊故事的原貌，然而讀者往往又依據自身的觀念與背景，賦予故事不同的詮釋意義。因而本詩相當適合作為課堂深度閱讀與深度討論的教學文本，課堂中同學對於詩句不同的詮釋往往能激盪出熱烈的討論火花。

　　藉由〈上山採蘼蕪〉與唐人延伸之作的對讀，試圖達到以下幾點教學成效：

1. 學習並掌握詩人如何透過詩句的留白，利用讀者的聯想來講述故事。
2. 了解對話所傳達的弦外之音以及語言溝通的藝術，進而能夠觀人以

言。

3.解讀唐人對〈上山採蘼蕪〉的詮釋，進而分析詩人的觀點與立場。

4.從經典的閱讀對比古今的異同，延伸思考相關性平與兩性議題。

二、討論課流程

閱讀文本	1. 主要文本：〈上山採蘼蕪〉 2. 對讀文本：孟郊〈蘼蕪葉復齊〉、張文恭〈佳人照鏡〉、喬知之〈下山逢故夫〉 3. 影音作品：《「我的生活非你的 A 片」直擊南韓偷拍藏何處》[1] 4. 延伸閱讀：《82 年生的金智英》[2]			
進行時間	3 週 6 堂課，共 300 分鐘			
教學方法	文本分析、深度討論、思辨技巧			
課程規劃				
週次	討論主題		上課流程	時間分配
第 1 週第 1 堂	故事說了什麼	教師講授	文本的介紹與基礎閱讀	15-20 分
		小組討論	分組討論暨問題記錄：讀古詩，找問題	20-30 分
第 1 週第 2 堂		教師總評	彙整小組的提題：引導深度閱讀	15-20 分
		教師講授	理論與知識的補充：〈上山採蘼蕪〉的相關背景及價值意義。	30-35 分

---

[1] 【李四端的雲端世界】專題影片（7 分 54 秒）

[2] 趙南柱：《82 年生的金智英》，臺北：漫遊者文化，2018 年。

第2週 第1堂	唐人的解讀：故事的後代詮釋》	教師講授	古詩與續作的對讀：介紹三首唐人的延伸詩作。	15-20分
		小組討論	古詩與續作的對讀：探究詩人的意識形態。	20-30分
第2週 第2堂	看看這個世界：韓國的厭女文化、印度的嫁妝謀殺案	觀看影片	《「我的生活非你的A片」直擊南韓偷拍藏何處》	10分
		課堂分享	影片討論：兩性議題的思考與時事新聞分享	40分
第3週 第1堂	由古詩找線索：故事人物形象的建構	小組討論	學習單：從文本線索進行推論	40-50分
第3週 第2堂	故事的延伸：婚姻與愛情的思考	教師講授	中西方愛情觀的差異：邱比特與月老文化	40-50分

三、流程說解

㈠ 第1週：故事說了什麼？（2堂課）

1.教師講授：文本的介紹與基礎閱讀

　　教師可先行介紹這首詩的基本訊息：出處、詩人佚名與創作的時代背景，並提供較難的字義注釋，邀請兩位同學上臺翻譯。該詩主要是由對話組成，但因五言古詩的字數限字，人稱主詞皆省略，同學除了翻譯還需根據對話的內容判斷說話者是女主人公（前妻）還是男主人公（前夫）。可視為學生初步認識文本的基礎閱讀。

2. 小組討論：引導同學針對古詩不了解的地方進行提問

　　教師可先行示範提問，如：女主人公為何要上山採蘼蕪？蘼蕪是一種野菜還是具備其他功效？同時亦可到各組觀察同學的提問情況，適時給予協助。安排各組從提問中挑選三個問題上臺書寫，並根據本詩所提供的線索或以當時的社會背景為佐證，回應問題的答案。

3. 教師彙整與補充：〈上山採蘼蕪〉說了什麼？

　　歷來同學的提問或可關注到以下幾個面向：

問題面向	提問內容	問題類型
男女主人公對話時的心情	前妻說「新人從門入，故人從閣去」帶有何種情緒？	感受型問題
對話背後的動機及其所反映的人物性格	女子主動問候男子新妻的動機為何？	分析型問題
	前夫一直稱讚前妻並比較前妻和現任，可看出前夫個性如何？	分析型問題
	前夫是否想要挽回前妻？	推測型問題
根據情節，連結當時的社會背景所提出的疑問	前妻為何用長跪的方式問故夫？	分析型問題
	古代可以三妻四妾，既然覺得前妻比較好，為何離異？	分析型問題
	為何不以納妾的方式迎第二任進門？	推測型問題
	為何要用生產力來比較兩女子？	分析型問題
其他疑問	為何婦人要上山採蘼蕪？	推測型問題
	為何這麼巧，下山途中遇見前夫？	推測型問題
翻譯版本的分歧	「新人從門入，故人從閣去」一說為前夫所說，一說為前妻的發言，你支持哪一個版本？	分析型問題

　　若學生掌握到蘼蕪象徵「多子」的意涵，即掌握到解讀這首詩的關鍵線索，對於其他問題的答案往往能迎刃而解，提供多元的解釋。教師可適時補充同學未關注到的面向，簡單介紹「作者已死」的文學批評視野，若同學能找到佐證，鼓勵同學以多種可能性重新建構與復原〈上山採蘼蕪〉的面貌。

4. 教師講授：這首詩寫得好，好在哪裡？

　　帶同學學習從形式與內容兩個角度切入，分析〈上山採蘼蕪〉這首詩能歷經歲月的洗滌，成爲經典名篇的原因。形式面向可從中國「詩言志」的傳統，來看這首五言敘述詩的價值。內容面向可點出這首詩提供討論的地方：

(1) 僅藉由對話，即鮮明刻畫男女主人公的心情。

(2) 反映當時東漢時的社會現象：男尊女卑、重視傳宗接代、織布是古代女性重要的能力指標。

(3) 古代婦女在婚姻中的處境。

5. 教師講授：〈上山採蘼蕪〉的相關背景

(1)漢代女子再婚的比例

　　同學往往將宋代禮教要求女子守貞、守寡的約束連結到整個古代，教師可從歷史背景的角度補充漢代女子離異後，再婚比例偏高的歷史現象，亦可引導同學思索背後原因。

(2)古代婚姻的意義

　　再者，教師可補充《禮記·內則》：「子甚宜其妻，父母不悅，出；子不宜其妻，父母曰是善事我，子行夫婦之禮焉。」的敘述，讓同學明瞭古代婚姻的性質：娶妻首先是爲了侍奉父母，夫妻情愛則是次要，引導同學思考古今婚姻觀的差異。

(3)古代婦女的七出與七去

　　介紹《大戴禮記》、《唐律》中所記載的七出，比較古今法律對於

離婚條件的規定，進而讓同學思索法律的本質，體會男女是否平權的社會價值觀往往會反映在法律的制定上。

㈡ 第2週：唐人的解讀——故事的後代詮釋（1堂課）

(1)**小組討論：孟郊〈蘼蕪葉復齊〉、張文恭〈佳人照鏡〉、喬知之〈下山逢故夫〉三首唐人作品，你認為哪一則作品對〈上山採蘼蕪〉的詮釋最具父權思想？**

相較於〈上山採蘼蕪〉並未實際摹寫男女主人公的心境變化，三首唐人作品皆由男性詩人之筆闡述女主人公離異後對前夫的思念與掛心。然而今日讀者對〈上山採蘼蕪〉女主人公心境的闡述，或許會有較多元的解讀，多數讀者應該更傾向於女主人公在離異後依舊能活出自己的天空，或者找到新的對象。唐人對〈上山採蘼蕪〉的闡述是否帶有時代背景下，父權觀念對女性的約束與想像？教師在同學分組討論前可先作上述的提點，並提醒同學可先抓關鍵詞來進行闡述及閱讀。分組討論過後，同學大致能指出：

孟郊〈蘼蕪葉復齊〉的父權觀念展現在「憶故夫」、「恨偏孤」以及「容顏與昔殊」，認為女子遭前夫拋棄後，依舊心心念念掛念前夫並未再嫁，同時亦感傷容顏美貌歷經離異後的歲月已不復當日。

張文恭〈佳人照鏡〉則是三首詩唯一一首有摹寫男子離異後同樣掛記前妻的心境，以「兩邊俱拭淚」傳達雙方對彼此的思念。然而「一處有啼聲」或許暗喻了男子雖掛心前妻，但再婚的家庭已有新生命的誕生，透露無限無奈。

喬知之〈下山逢故夫〉則以「妾身本薄命，輕棄城南隅」說明女子認為自己「薄命」才遭受拋棄的命運，而後又以「羞將憔悴日，提籠逢故夫」表達離婚後日子過得遭，狀態也不好，無顏再見前夫。

(2)**教師補充：總結同學的分析闡述，補充不足之處**

可帶同學關注「輕棄城南隅」一句。詩人以「輕」來形容「棄」

或有兩層意涵：其一女子無子可以輕易的遭受拋棄，其二以輕棄來呼應薄命，認為輕棄源於自身薄命，不應該怪罪任何人。然而對於古代女子而言，遭受男子拋棄應是人生的劇變，若無娘家可歸，甚至性命堪憂，但在男性詩人筆下卻可以如此輕描淡寫的帶過。藉由唐人相關詩作的討論，帶同學分析詩人的觀點、立場與意識形態。

(三) 第2週：看看這個世界──韓國的厭女文化、印度的嫁妝謀殺案（1堂課）

(1)觀看影片：【李四端的雲端世界】《「我的生活非你的 A 片」直擊南韓偷拍藏何處》

　　藉由古代文本的閱讀，讓同學了解父權思想如何影響法律的制定以及女子在婚姻中的處境。同時亦可延伸思考現今社會是否仍存有類似的現象？教師可播放【李四端的雲端世界】《「我的生活非你的 A 片」直擊南韓偷拍藏何處》影片（7 分 54 秒）

(2)課堂分享：討論影片所反映南韓社會現象的原因

　　觀看完影片後，教師可以拋出一個提問讓同學思考：在科技資訊發達的今日，為何唯獨南韓颳起了十分猖獗的偷拍之風？同學大多能指出，這樣的歪風乃根源於韓國男尊女卑的風氣。進而教師可介紹相關延伸閱讀《82 年生的金智英》，進而請同學分享看法或相關時事案例。進而教師亦可介紹印度嫁妝謀殺案相關新聞，帶同學思考：南韓法律對偷拍的縱容以及印度法律輕放男子為了嫁妝謀殺新娘的歪風，是否都是性別不平等之下，意識形態的影響？

(四) 第3週：由古詩找線索──故事人物形象的建構（1堂課）

　　可結合本單元的學習單，有兩種運用方式：1. 若課堂時間充裕，可設計為小組討論單，作為古詩擴寫為小說的寫作引導。2. 若課堂時間不夠，可設計為回家作業，作為驗收課堂討論的書寫回饋。

㈤ 第3週：故事的延伸：婚姻與愛情的思考（1堂課）

可藉由本詩引導同學思考中西文化的差異，如：西方重視愛情，因而有愛神邱比特神話人物，但中國傳統文化向來不重視愛情，因而反映在中國神話中並沒有愛神，而是比較重視婚姻之神月老。藉此讓同學思考愛情與婚姻的關係。

四、學習單或討論單

附件一

〈上山採蘼蕪〉提問單

學習單設計說明：

引導同學能運用深度討論的問題類型，針對〈上山採蘼蕪〉一詩所留下的線索進行提問。透過提問揣摩男女主人公對話的心情，以及話語背後可能的動機與人物性格，進而利用連結型的提問技巧，將文本情節置放於當時的時代背景進行思考。提問單的設計能引導同學藉由提問，進而達到深度閱讀的目的。

深度討論（Quality Talk）問題類型	
問題類型	定義
問題類型編碼	測試型問題 TQ　追問型問題 UP　分析型問題 AY 歸納型問題 GE　推測型問題 SQ　感受型問題 AF 連結型問題 CQ
測試型問題 TQ （Test Question）	有固定或單一答案的問題
追問型問題 UP （Uptake Question）	承續他人意見，接著問下去，帶出更多對話的問題。
感受型問題 AF （Affective Question）	閱讀文章後，連結個人生活經驗，而提出問題。

推測型問題 SQ（Speculate Question）	閱讀文章後，思考各種可能性，而提出問題。
歸納型問題 GE（Generalize Question）	與檢索、擷取文章內容有關的問題
分析型問題 AY（Analysis Question）	提出帶有個人觀點，同時涉及組織推論文本相關資訊的問題。
連結型問題 CQ（Connection Question）	將文本與既有知識、其他文本或上次討論進行連結，而提出問題。

問題面向	提問內容	問題類型
男女主人公對話時的心情		
對話背後的動機及其所反映的人物性格		
根據情節，連結當時的社會背景所提出的疑問		
（自行臚列）		
（自行臚列）		

附件二

由古詩找線索：故事人物形象的建構

學習單設計說明：

　　本學習單可由教師自行運用，透過表格的回答，除了可檢視同學對於本詩的理解，同時亦能訓練同學依據佐證來闡述自己的觀點，增加思辨的能力。此外，這份作業亦可作為古詩擴寫為小說的寫作引導。

	性格／家境／目前婚姻狀況	闡述證據
男主人公	性格：	
	家境：	
	目前婚姻狀況：	
女主人公	性格：	
	家境：	
	目前婚姻狀況：	
男主新妻	性格：	
	家境：	
	目前婚姻狀況：	

附件三

由古詩找線索：故事人物形象的建構（同學作業回饋參考）

	性格／家境／目前婚姻狀況	闡述證據
男主人公	性格：較勢利	1. 總是強調生產力，像是： 新人工織縑且日一匹，故人工織素且五丈餘。

	家境： 較貧窮或一般	1. 強調生產力，如： **顏色類相似，「手爪」不相如。** 2. **新人從門入，故人從閣去。** 古代男人如果家境好，就會有一妻多妾的情形，但是他把前妻休掉，代表他可能沒有能力來負擔兩妻妾的生活開銷。
	目前婚姻狀況： 再娶（但是心中掛念前妻）	1. 一直在嫌棄現在的新妻，像是： **新人雖言好，未若故人姝。** **將縑來比素，新人不如故。**
女主人公	性格： 守婦道、勤勞、善良	1. **「長跪」問故夫** 長跪是行大禮，顯現出當時男尊女卑的文化風氣和守婦道的重要性。 2. **新人復何如？** 就算被休，還是關心新妻（因為當初就是生不出小孩被休的）。
	家境： 較貧窮	1. **故人從閣去** 如果她的娘家是有錢有勢的人，應該比較不會被夫家看輕，被休後還得忍受從小門默默離開的淒涼。 2. **織素五丈餘** 古代強調「男耕女織」，然而織布技術需要靠時間來練習，女主人公織布技術精湛，反映她可能來自一般家庭，如果是大戶人家的女兒應該不會花太多時間在練習女紅的技術。
	目前婚姻狀況： 改嫁（尚未懷孕）	1. 東漢改嫁風氣盛行 2. **上山採蘼蕪** 代表她有求子的需求。

	性格： 看不太出來	無
男主 新妻	家境： 不差	1. **新人從門入，故人從閣去。** 新妻有可能家境好，不願屈就於侍妾之位。
	目前婚姻狀況： 已婚（但尚無懷孕）	1. **新人復何如？** 前妻關心新妻是否有小孩。 2. **下山逢故夫** 代表新妻可能尚無子，故夫可能是為了新妻上山採蘼蕪才巧遇前妻。

五、教學效益評估

　　本文篇幅短小具有情節性，就字詞理解也屬於中等偏易的古文篇章，十分適合用來執行「深度討論」，先讓同學對本文的疑點進行提問，進而展開教學。同學為了針對文章的內容進行提問，必須先了解這首古詩在說什麼？可以算是對本詩進行的第一次文本閱讀（淺層閱讀）。在分組進行篇章問題提問時，程度好的班級在教師稍加提點下，便能自行提出面向多元的問題，甚至能根據情節，連結當時的社會背景進行提問。當提問環節進行順利時，接下來的教學便十分順利，教師可針對同學的問題，補充相關的背景知識，進而完成第二次文本閱讀（深度閱讀）。同學藉由兩次的文本閱讀，便會發現「深度討論」的魅力在於自行發掘問題，在課堂上與組員、教師一同思考答案，往往會對本詩有更深入的理解與不同的看法。有同學甚至反映高中時期課外補充教材有讀過這首古詩，但在大學端，對於本詩卻有更深入的理解，並不會有教材重複導致教學內容相仿的問題。

　　然而在語文閱讀程度稍差的班級，可能在第一次文本閱讀（淺層閱讀）時，對古文字義的理解即產生障礙，需要教師協助。當進入文本提問環節，更需要教師的引導才能提出有品質的問題。此時授課教師可考

慮使用「〈上山採蘼蕪〉提問單」，先指引同學提問的面向，甚至亦可先提示「蘼蕪」在本文的重要性，引導同學提問。「深度討論」教學法成敗的關鍵可說在提問的引導，當同學無法掌握提問的要領或從中得到更多的收穫與思考，便會開始對於「深度討論」的教學活動產生排斥。另外，對文本進行提問需要全心投入課程，若對國文課程不感興趣，或者討論風氣不佳的小組，在教學執行上亦會產生一定的難度。此時教師與教學助理若能適時進入各組別協助帶討論，或者營造互動良好的討論風氣，皆有助於「深度討論」教學活動的執行。

扣問「自由」
〈逍遙遊〉小大之辯的思考階梯

林盈翔

林盈翔，國立成功大學中國文學系博士。曾任國立臺灣師範大學共同教育委員會國文教育組兼任助理教授，現任東吳大學中國文學系專案助理教授。研究領域為三國學、史傳文學、春秋經學、古典文學，並旁及國文教學創新。撰有博士論文《《三國志》「《春秋》書法」研究》。相信經典教育之為用，是能以此反覆扣問自身生命，亦是建構國家民族的共同文化記憶，更是讓人得以思考辯難，永遠對知識、權力甚或真理，知所反思與批判。

一、教學目標

　　《莊子》是中華文化重要的思想、文學典籍，也是道家的重要代表著作。一說儒家如大地般承載萬物，以天下蒼生、積極入世為己任，而道家就有如流水般消融萬物，以保全天性、亂世安身為勝場。道家思想適性而安命，達生而肆情，在面對當代的紛紛世局，越顯其歷久彌新的當代價值與意義。如開篇的〈逍遙遊〉，便以汪洋宏肆、奇詭瑰麗的寓言文字，先是描繪了一隻其翼若垂天之雲，一飛能上九萬里的大鵬鳥，再讓蟬與小鳩雀與之對話，藉此發問、探求何謂逍遙、如何逍遙？而這種對「逍遙」的追求，正是莊子哲學理念的重要課題之一。

　　「逍遙」者，陸德明《經典釋文》曰：「逍，亦作消；遙，亦作搖。」《詩經‧鄭風‧清人》：「清人在消，駟介麃麃，二矛重喬，河上乎逍遙。」《楚辭‧離騷》：「欲遠集而無所止兮，聊浮遊以逍

遙。」由此些文句可知,其本義當爲徘徊、遊蕩等外在行爲。而郭象則稱:「夫小大雖殊,而放於自得之場,則物任其性,事稱其能,各當其分,逍遙一也。」釋湛然《止觀輔行傳》:「消搖者,調暢逸豫之意……逍遙遊者,篇名,亦取開放不拘,怡適自得。」則於《莊子》中,「逍遙」已被賦予自得自適等內在心靈之詮釋。再以英文翻譯參對,「逍遙遊」林語堂、馮友蘭兩位先生翻譯爲「Happy Excursion」(Happy:快樂);Burton Watson、Charles Muller 兩位外國學人則是翻成「Free and Easy Wandering」(free and easy:無拘無束);臺大蔡壁名先生則是用「Carefree Roaming」(carefree:無憂無慮)一詞,[1]諸多學者所指也皆是心靈、感受層面。加之《莊子》整體思想脈絡,可知以此一「逍遙」,或可同時指涉身心二者。[2]而對身心間「逍遙」的辯證關係,也正是本課程希望帶給同學的思考焦點。

　　加之大學新鮮人的生活形態、生命歷程,相較於高中時期,需要面對的第一個課題往往便是「自由」。大學的課堂週時數較少,能自由支配的時間變多,而對於金錢、課業、人際、家庭,甚或人生規劃等,都開始要學習自主管理與選擇。是以本次教學藉由《莊子‧逍遙遊》中的「小大之辯」,一方面帶領同學徜徉於國學經典之中,二來也藉由層層的討論、思辯與反轉,讓同學細細思索,自由—選擇—責任,三者間微妙的辯證關係。預計達到以下幾點教學成效:

1. 理解並掌握《莊子‧逍遙遊》(節錄)一文的主旨。
2. 能夠思索「小大之辯」此一議題,理解歷來的四家說法,並做出自己的判斷。

1　在《莊子》內文中,「逍遙」一詞會跟各自文本語境相結合,而有所變化,翻譯上也有所改變。然以常見的 Burton Watson 譯本言,其便以「free and easy」貫穿「逍遙」一詞的翻譯,可為參照。

2　如王志楣先生:「『逍遙』二字意義在歷史上是經過了一個發展的過程,其間以郭象為分水嶺,郭象之前,逍遙側重的是無事間逛遊蕩,以消除煩憂苦悶,郭象之後,世人習將逍遙視為無拘無束自得之樂。」見氏著:〈《莊子》逍遙義辨析〉,《政大中文學報》第 8 期(2007 年 12 月),頁 13。

3.於經典閱讀後，能進而與自身經驗、當代議題連結與對話，扣問何為「自由」。

4.熟悉並能參與深度討論教學法的上課流程。

二、討論課流程

閱讀文本	《莊子・逍遙遊》（節錄）[3]			
進行時間	2 週 4 堂課，共 200 分鐘			
教學方法	深度討論教學法、討論教學法、啟動─回應─評估模式			
課程規劃				
週次	討論主題		上課流程	時間分配
第 1 週第 1 堂		教師講授	文本帶讀、訊息摘要〈逍遙遊〉小大之辯	30 分
		教師講授	莊子背景資訊補充	20 分
第 1 週第 2 堂	大學的第一課：自由	小組討論	小大之辯，大小鳥誰比較逍遙？	25 分
		小組分享	小組討論意見分享交流	10 分
		教師總評	四種逍遙義解說延伸、翻轉思考：何謂逍遙／自由	15 分

3　郭慶藩：《莊子集釋》（臺北：華正書局，1987），頁 2-14。

第 2 週 第 1 堂	由 IRE、 DM 到 QT[4]	教師 講授	概念介紹：深度討論教學法	20 分
		教師 講授	如何討論？有效的提問與回應	30 分
第 2 週 第 2 堂		小組 討論	深度討論練習：小大之辯	20 分
		小組 分享	小組討論意見分享與回饋	20 分
		教師 總評	總結：由 IRE、DM 到 QT	10 分

三、流程說解

(一) 文本帶讀、訊息摘要〈逍遙遊〉小大之辯

　　在文本範圍的選擇上，因考量上課時間，是以由開篇的「北冥有魚」節錄至「此小大之辯也」共六百一十七字。此範圍大抵算頭尾具足完整，唯於後尚有一段「至人」[5]的討論並未節錄，此亦會影響對於「逍遙義」的理解。然本課程之設計，希望同學能聚焦討論「小大之辯」，加之課程時間的掌握，是以衡量後只能割愛。

　　課程開始時，先細緻地帶領同學一字一句地閱讀選文。關鍵字的部分要加強提示，如「鯤」實為魚苗，《爾雅·釋魚》：「鯤，魚子。」莊子刻意以小魚苗替不知其幾千里的大魚命名，自有其泯除「封」（人為的分界）的用意於其中。又如扶搖為上升氣流、夭閼（一ㄠˇ ㄜ、）

4　啟動—回應—評估模式（Initiation-Response-Evaluation）、討論教學法（Discussion Method）、深度討論教學法（Quality Talk）。

5　〈逍遙遊〉「小大之辯」後，尚有一段「無待至人」的敘述：「……彼其於世未數數然也。雖然，猶有未樹也。夫列子御風而行，泠然善也，旬有五日而後反。彼於致福者，未數數然也。此雖免乎行，猶有所待者也。若夫乘天地之正，而御六氣之辯，以遊無窮者，彼且惡乎待哉？故曰：至人無己，神人無功，聖人無名。」

爲受阻折而中斷等，都需重點提示。而在「天之蒼蒼，其正色邪」此句，則可引入現代的光學研究，解釋天空爲何是藍色的，以及揣摩莊子是在怎樣的情況下，發出如此的「天問」。「小知不及大知，小年不及大年」此句，則可以史蒂芬・傑・古爾德（Stephen Jay Gould）「十七年蟬」的研究作爲補充，引發同學興趣外，也能對文義有更深刻地理解。

　　最後藉由文本中大小鳥間的對話，將全篇問題意識的帶至本次的主題：小大之辯——究竟是需要培九萬里之風，而後方能背負青天而莫之夭閼的大鳥逍遙，還是騰躍而上，數仞而下，翱翔蓬蒿之間的小鳥逍遙？

㈡ 莊子背景資訊補充

　　關於莊子，同學大抵還算熟悉，是以傾向簡單帶過，將較多的時間留給《莊子》一書的結構。主要補充三個重點：一是「莊周夢蝶」的寓言。二是莊子爲宋國蒙地漆園吏，而宋實爲殷商末裔與漆園吏究竟是大官還是小官的討論。三則《史記》所載，楚威王厚幣重利許以爲相，而遭莊周拒絕之故事。以此三點，試圖替同學建立較爲立體的莊子形象與認識。

　　於《莊子》一書，則會解釋《莊子》於莊周在世時當無定本，乃是由戰國末年而至漢代，逐步流傳、附益，於西漢大抵成書。今本《莊子》三十三篇，則由魏晉時郭象所裁定、整理。其中內七篇爲莊子思想的精華，每篇標題皆爲精心命名，與內容相對應。外、雜篇則多以每篇開頭首數字命名，且參雜有後學之思想，有時會與內篇思想有所歧出。最末則補充清代林雲銘《莊子因》的說法，讓同學對內七篇的結構有大致認識與參考：

　　〈逍遙遊〉言人心多扭於小成，而貴於大；〈齊物論〉言人心多泥於己見，而貴於虛；〈養生主〉言人心多役於外應，而貴於順；〈人間世〉則入世之法；〈德充符〉則出世之法；〈大宗師〉則內而可聖；

〈應帝王〉則外而可王。此七篇分著之義也。然人心惟大故能虛，惟虛故能順，入世而後出世，內聖而後外王，此又內七篇相同之理也。

於後並可就上課之內容給予簡單測驗，確認同學學習情形。除傳統小考試卷外，亦可使用 google 表單、教學互動媒體，[6] 可以更具立即性與回饋性地確認同學學習效果。

(三) 小組討論與分享：小大之辯，大小鳥誰比較逍遙？

　　之後讓同學就小大之辯，「大小鳥誰比較逍遙」一事，分組討論。以四十人左右之班級言，每四人一組，最少三人。依操作經驗言，五人以上討論效果便會有所折扣，是以建議宜少不宜多。分組方式可以採自由分組，發撲克牌同數字分組，或將男女拆開，再行平均分組等。在具體操作流程上，待分組完成後，每組發給一張小組學習單，並讓記錄者可額外加分，以期提高同學操作議題、帶領討論的意願。並就小組討論情形，個別給予協助，引導同學思考此間問題。重點當放在引導、整理同學的思緒，而非將自己的觀點告訴對方。討論完成後，除記錄在小組學習單上，也會請負責同學於黑板上將小組結論寫下，小組間亦可藉此互相觀摩學習，理解不同組間的各殊想法。

　　依教學經驗言之，目前同學大抵上近三至四成會選擇「小鳥逍遙」，另三至四成則是「大小鳥都逍遙」，「大鳥逍遙」與「都不逍遙」則往往乏人問津。此間的選擇似乎也反映了當下的時代氛圍，同學們大都傾向「自由就是不受限制」、「尊重每個人各自的選擇」此一類的想法。

6　google 表單於教學之使用可參看 https://www.playpcesor.com/2016/06/Quizzes-in-Google-Forms.html（最後上網日期：2020 年 3 月 7 日）。教學互動媒體則有 zuvio 等可參考 https://www.zuvio.com.tw/teacher/product、https://moodle.ntin.edu.tw/pluginfile.php/40492/block_html/content/zuvio%E4%BD%BF%E7%94%A8%E8%AA%AA%E6%98%8E.pdf（最後上網日期：2020 年 3 月 7 日）。

㈣ 四種逍遙義解說

在同學分組討論、意見分享後，先就黑板上同學的敘述，整理出現過的「逍遙義」，並與之對話，整理出同學們的思考邏輯。於後便就四種逍遙義加以解說：

逍遙類型	逍遙義	兩兩相對的逍遙形態
小鳥逍遙	無待逍遙	無待
大鳥逍遙	境界逍遙	有待
大小鳥都逍遙	適性逍遙（郭象）	自足
大小鳥都不逍遙	至足逍遙（支道林）	至足

就學術理論簡單爬梳四者脈絡後，便會提出同學大多未曾思考到的問題：為何「有待」也可能會是一種逍遙？逍遙不就該是自由自在、不受拘束嗎？然大鵬鳥所呈現的，正是「有待」，是「境界」上的逍遙自由。莊子並不贊成離群索居，他認為當以「無厚入有間」，「心意自得」、「無為」於人世。而放諸當代，「冒牌者症候群」、「低成就症候群」、「厭世代」、「心理衛生」、「憂鬱症」等，屢屢成為熱門的關鍵詞。許許多多的青年學子也往往在面對人生困境時，手足無措、無法自適。值此之時，莊子的逍遙哲學自有其橫貫古今的時代意義。另則，莊子也並非要人全然的逃避困難、逃避挑戰，而是要「三月聚糧以適千里」、「入則鳴，不入則止」，還是該為所當為。並在面對困難、遭遇挫折之後，還能擁有自我調適、不以物傷的心靈韌性。最後也會強調《莊子》文本的多義性與開放性，此課程並沒有打算告訴同學「正確答案」，也不可能讓小大之辯的討論得出「唯一解」。乃是藉由此一論題，讓同學有所思辨，並要能提出支撐自身觀點的合理論述。

㈤ 延伸、翻轉思考與總結：何謂逍遙／自由

最後再把逍遙導向當代語境下的思索：自由。於此進一步轉引以賽亞・伯林（Isaiah Berlin）1958 年時提出的兩種自由：消極自由與積

極自由，來與莊子對話。消極自由指的是「免於」（free from），乃個人的行動不受到他人或群體的任何阻礙或干涉，而「干涉」並不僅止於物理性的強迫，也包括了對「自由意志」的壓迫。用較爲淺白的語言表達即爲「只要不干涉別人，就不受別人干涉。我想做什麼就做什麼，只要不害人不傷人就沒人管我，也沒人約束我，那就是自由。」積極自由則是「得以」（free to），以賽亞·伯林認爲單純的行動不受干預並不是真的自由，真正的自由應該是成爲自己的主人，可以自己做決定，自我決定自己是怎麼樣的人，而不是由別人來決定我。淺白講爲「自我認同」或「生命價值的實現」或「個人天賦的完全發揮」，才是自由。

　　以賽亞·伯林於此是在政治哲學上的討論，在教學實務上，也會以相關的問題引發同學思考。譬如規定紅燈不准過馬路，是否限制你的自由？規定十八歲不准吸菸，是否限制你的自由？對菸酒類課以高額賦稅，藉此限制、降低購買，是否限制你的自由？等等的問題，不斷提問、不斷刺激同學思考。思考爲何有待、有限制，有可能會是一種「境界自由」？

　　最後再引康德（Immanuel Kant）：「自由即自律。」村上春樹：「想要在日常生活當中找到自己的小確幸，多少需要一些必須遵守的個人規範存在。」基普柯吉（EliudKipchoge）：「只有自律的人才能在生命中獲得自由。人不自律就成了情緒與激情的奴隸。」藉由此些話語，提示出自由的可能形態：是爲了達成某種境界、生命價值的自我實現，而願意接受限制、感受責任。且在完成任務的瞬間，便能感受到「自由」，而此一自由，不只是外在行爲的不受限制，更是關乎內在的心靈狀態。

　　當然我們必然尊重每個人對於自由的看法，僅是提出同學大多未曾注意到的，自由的可能形態。這也是讓同學自我省思、批判思考的機會，爾後同學對自由下何種界義、得出怎樣的答案都是好的，畢竟重要的是過程，思考與表達的過程。

㈥ 引入深度討論教學法

　　此深度討論教學法對臺灣的莘莘學子而言仍屬陌生，是以不論是在教師的教學帶領或同學的學習接受上，都還需要循序漸進、按部就班的磨合與調適。

　　是以經由第一週啟動─回應─評估模式、討論教學法後，第二週再進行深度討論教學法的教學與問題演練，讓同學理解、習慣深度討論的概念與課堂運作。而在課程安排上，這也會是第一次進行深度討論教學。是以先具體介紹何謂深度討論教學法，並將其與同學相對熟悉的啟動─回應─評估模式、討論教學法加以比較，可以導出結果如下表：

啟動─回應─評估模式 IRE	討論教學法 DM	深度討論教學法
單向	互動	主體性在學生之互動
老師：講解＋提問＋評論	老師：講解＋提問＋引導＋評論	老師：講解＋引導＋回應＋評論
學生：理解＋回應	學生：理解＋討論	學生：理解＋討論＋提問＋評論

可以發現，與討論教學法比起，深度討論教學法必須讓同學能夠自行發現問題、提出問題。將提出問題的主體性交還給學生，讓學生思索問題，並相互討論、回答。這實則也更接近未來實務上的真實樣態，也就是必須擁有找出問題之所在的能力。

㈦ 如何討論？有效的提問與回應

　　深度討論前需要先深度閱讀，並非為提問而提問，而是必須確有所惑、所感，方能有效提問。於是依序介紹閱讀歷程（資訊擷取與檢索、統整與解釋、省思與評鑑）、文本討論（內文討論、延伸討論、批判分析）、問題類型（分析型、歸納型、推測型、感受型、連結型）、有意義的回應（我認為是什麼、支持我的理由或證據是什麼、用詞禮貌與情

緒和緩）、反駁金字塔（反駁主要論點、反駁原文、駁斥、反對、批評語氣、以人廢言、辱罵）、探索性的對話歷程（提出論點、提出回應、針對論點反駁或補充）等觀念。讓同學能有更好的前備知識，以期在深度討論的過程中，能有更好的參與度。

(八) 深度討論練習：小大之辯

在經過上週的教學之後，同學已經對〈逍遙遊〉小大之辯一文有相對深刻的理解。本週即以相同的文本，讓同學藉由深度討論，自行提出問題、相互討論。建議此週的同學分組沿用上週分組結果，能減少同學暖身的時間。並以抽籤的方式，讓每組分得一個問題類型（分析型、歸納型、推測型、感受型、連結型），並在問題類型上給予部分引導提示。因是第一次的深度討論練習，有部分的限制與引導，反而能讓同學有較好的發揮。且在實務操作上，其實同學對於問題類型熟稔度並不會太高，但在深入閱讀、討論後，他們會有各自關注的問題，是以即便問題類型預設錯誤，也不會影響問題的提出。且同學所關注的焦點、創意的發想，往往與受過學術訓練、相對理性制式的老師有所不同，於此也頗得《禮記‧學記》「教學相長」之效。

在教學實務上，討論過程中自然是注意個別小組的討論熱烈與否，再決定是否介入，並可以適時地向同學宣達：「需要幫助的小組請舉手。」重點仍是在於引導與整理同學思緒。若同學問題本身已十分具有深度，予以勉勵並修飾問題類型即可。但若問題尚停留在現象思考，則要試著逼問同學，迫使同學繼續深入挖掘。教師參與討論的過程，能站在協助者的身分是比較好的，而非指導者或提問者，仍然尊重同學的自主想法與問題提出。

(九) 小組意見分享與回饋

除學習單外，依然讓同學在黑板上書寫、分享，並讓同學就彼此的問題互相討論提問。此時會跟同學宣達，可隨意舉手針對黑板上的問題

提問或回答。只要有舉手就加分，不論提問、對話內容如何，以此提高同學的討論意願。此過程中，時常出現同學雖有提問，但卻組織破碎、難以順利表達的情形。此時老師要試著重新梳理同學的思緒，並把同學的問題簡明扼要的組織重整，並再三向同學確認：「你想表達的意思是這樣沒錯嗎？」同學在回覆、討論的過程中，有時也會激起火花，大抵建議採取靜觀其變，唯討論已漸趨失焦、無效時，便要適時地中斷同學的討論，並總結雙方說法，釐清當下的爭點何在。

　　同學對於〈逍遙遊〉小大之辯深度討論後，提出諸多有趣的問題與討論，試舉例如下：

　　若把小鳥自由或大鳥自由這個問題套用在人生，那要選擇哪種工作好？大鳥是理想的工作，有貴人就像有風。小鳥則是穩定的工作，平穩生活在舒適圈裡。（感受型問題）

　　將大鳥變成大魚、小鳥變成小魚，逍遙與否就變成容易生存與否？A 大魚容易生存。B 小魚容易生存。C 都容易生存。D 都不容易生存。（推測型問題）

　　長輩的想法一定是對的嗎？「小知不及大知，小年不及大年」，在生活中，長輩就如大知，生活經驗比較豐富，就經常批評年輕人的想法，難道小知真的不及大知嗎？（感受型問題）

　　文中的「小知不及大知，小年不及大年」，以現在的俗語就是「不聽老人言，吃虧在眼前」。而為什麼經驗豐富者，可以以他的個人經驗，否定經歷缺乏者的理念？（分析型問題）

　　「小知不及大知，小年不及大年」，表示大知包含小知，大年包含小年。那為何後面提出小鳥不知大鳥的觀點，而未證明大鳥的世界觀包含小鳥的觀點？（分析型問題）

可以發現幾個現象，一是同學善於連類思考，將大小鳥的對比延伸至工作上、生存上等情況。二是同學過往的成長經驗往往受到長輩、「大

知」者的影響或批評，是以能夠切身地對此提出質疑與反思。三是即便拿到不同的問題類型，但也不至於過度影響他們對於問題的思考與提出，他們還是能夠以各自的問題類型，提出相同的關懷與問題。四是有時也能針對莊子文本中未能細論處，提出有趣的批判與質疑，問題雖仍顯生澀，但著實十分有趣，大大超出了教師本身的關注範圍。在課程的最後，也提出老師自身試擬的深度討論問題，供同學參照：

分析型問題	鯤是小魚之意，為何莊子又用其來指稱不知其幾千里的大魚？
歸納型問題	莊子用各種意象論證小大之辯，但為何非要積厚方能行遠？
推測型問題	若莊子來到現在這間教室，跟你們一樣是大學生，他是否能感到逍遙？
感受型問題	若讓你選擇，你會想要大鳥的人生→還是小鳥的人生？
連結型問題	莊子的逍遙，與以賽亞‧伯林的消極自由與積極自由，是否能對話？

㈩ 總結

　　最後，除再次提示莊子所謂的「逍遙」可能是什麼，而「自由」有可能是怎樣的形態之外。也就同學們深度討論所提出的各式問題，加以分類、總結。並回顧由啟動－回應－評估、討論到深度討論教學法到深度討論的學習歷程中，同學們是如何由深入閱讀文本、討論問題以致能夠自行發現問題，以此收束這兩週的課程。當然，作為深度討論的第一堂課，勢必會花較多的時間介紹概念，並讓同學熟悉上課流程。而也因已將討論、思辨的主題聚焦在「小大之辯」，是以多少也會框架同學深度討論的思考方向。然對於初學者來講，適度的框架應當是可以接受的，能讓同學較快上手與聚焦，之後再於後續的課程中慢慢鬆綁即是。末，還是會告訴同學，每個方法都有其效用邊界，我們就是一起學習、試驗。但無庸置疑的是，解決問題的第一步，往往就是問對問題。

四、學習單

學習單設計說明

　　莊子此段文本充滿了各式的寓言與意象，其中往往也蘊涵哲思，是以十分適合作為深度討論的討論文本。因課程設計為第一次的深度討論，是以建議問題類型（分析型、歸納型、推測型、感受型、連結型）用抽籤或分配的方式給予討論小組。可以較有效率地幫助同學聚焦思考「小大之辯」，而不會卡在「何種問題類型較適合」、「要問哪種問題」，此類技術性的困難，而無法有效討論。學習單沒有太多的限制，主要就是讓同學在思考、討論「小大之辯」後，能有意識地以特定的問題類型、敘述方式，闡述自己的思考關懷，進而設計問題、提出問題。在課堂上還是建議要有紙本學習單，能讓同學將彼此間討論的結果，以文字具體寫下，之後再轉抄到黑板上，能較有效率地幫助課堂討論的進行。

〈逍遙遊〉小大之辯學習單		組別： 記錄：
學號／姓名	學號／姓名	學號／姓名
問題類型（分析型、歸納型、推測型、感受型、連結型）： 問題內容： 		

五、教學效益評估

　　同學經過第一週啟動—回應—評估模式、討論教學法的教學引導，實則已對〈逍遙遊〉小大之辯文本有相對深入的理解。而在第二週經過深度討論教學法的帶領與引導後，除加深對文本的認識外，也能由下而上地導引出更多的文本意義。更重要的則是熟悉並理解深度討論的上課流程，之後能有更好的參與度與課程品質。

　　而「〈逍遙遊〉小大之辯」，也確實十分適合作為大學大一國文的第一堂課。藉由此一主題，除帶領同學思辨何謂逍遙、何謂自由外，也能進一步訓練、培養，批判思考（Critical Thinking）與合宜表達的能力。經過此課程的引導與自主思考，相信同學在面臨自由、選擇與責任時，當也能做出更為成熟的決定。[7]

---

[7] 2018 年於南華大學兼課，負責通識《莊子》課程。於時，面試我的是文學系李艷梅教授，李教授所提的問題即為「小大之辯」。想想，或許這正是此篇文章的起點。同年年底，有幸加入國立臺灣師範大學的通識國文教學團隊，在胡衍南主任的帶領下，與一眾師友切磋琢磨，精進砥礪。在一場場的研習、觀課、討論中，讓此份教案漸趨完整。在教學的道路上，能得到許多師長、前輩的指導與提攜，盈科後進，實為感念。故附此段淵源於文末註腳，願於時光洪流中，留下些許人間念想。

如果你是項羽
《史記‧項羽本紀》深度討論教學設計

林玉玫

林玉玫，畢業於淡江大學中國文學系博士班，國立臺灣師範大學共同教育委員會國文組兼任助理教授，同時任教於中原大學、萬能科技大學、大華科技大學。研究領域為古典詩詞。一般著作有《宋詞背後的祕密》（如果出版社），與國立臺灣師範大學的國文老師們合著有《深度討論力》（五南出版社）、淡江大學中國文學系合著《每日二字》（時報出版社）第一～三集。教學專長為古典詩詞、應用寫作、通識國文等，曾受邀大愛人文講堂節目演講。

一、教學目標

　　《史記》不管在史學還是文學方面，向來都有舉足輕重的地位。高中國文課本常選有《史記‧項羽本紀》中鴻門宴的片段，因此大部分學生對於楚漢之爭都有印象，可是往往只限於了解鴻門宴的故事情節，對劉邦、項羽等歷史人物也大約是模糊的了解，更深入一點，大約是了解劉邦、項羽的成敗原因。但事實上，本文除了了解一個人物成敗的原因之外，還有可以深入思辨與促進同理心的地方，同時引發學生對自身經驗的體認和反思。

　　因此，我們希望透過《史記‧項羽本紀》的教學，試圖達到幾個教學目標：

1.由學生自己分析歸納項羽的成敗原因，培養思辨方法使用的能力。

2. 進一步同理項羽，找出他下決策背後的原因，促進換位思考的能力與關懷。

3. 反求諸己，回歸到自身的經驗。回想是否曾經有過成功或失敗的經驗，反思導致這個結果的原因，寫下自己的故事並分享，作為自己與其他同學人生經驗的借鑑。

4. 歷史總是會有空白或不同的解讀，可以從這些地方，進一步去培養問題意識與思辨過程。

二、討論課流程

閱讀文本	《史記・項羽本紀》		
進行時間	4 週 8 堂課，共 400 分鐘		
教學方法	教師講述、深度討論教學法、分組討論、引導寫作		
週次	討論主題	上課流程		時間分配
第1週	〈項羽本紀〉中項羽的崛起	教師講授	教學活動：文本導讀	30 分
		學習引導	教學活動：引導歸納項羽的正面人格特質	15 分
		小組討論	找出證據：由項羽的決策與「成功」事蹟看出正面人格特質（學習單一前半）	25 分
		小組分享	上臺報告：對話與回饋	20 分
		教師總評	指出思考盲點或文本解讀問題	10 分
第2週	〈項羽本紀〉中項羽的失敗	教師講授	文本導讀	30 分
		學習引導	教學活動：引導歸納項羽的負面人格特質	15 分
		小組討論	找出證據：由項羽的決策與「失敗」事蹟看出負面人格特質（學習單二後半）	25 分
		小組分享	上臺報告：對話與回饋	20 分

		教師總結	指出思考盲點或文本解讀問題	10 分
第3週	〈項羽本紀〉深度討論	學習引導	問題發想：如果你是項羽？	15 分
		小組討論㈠	深度討論：推測與換位思考	20 分
		小組分享㈠	上臺提問：提出好問題	10 分
		小組討論㈡	深度討論：選出好問題與深度思辨	20 分
		小組分享㈡	上臺報告：對話與回饋	25 分
		教師總結	找出問題的意義或指出思考盲點	10 分
第4週	自由寫作：我的故事	教師引導	好好說故事：文本與自身經驗的連結	20─30 分
		課堂活動	單元寫作：「我的生命經驗」	70─80 分

三、流程說解

㈠ 第一、二週：

1. 課前閱讀：

　　由於〈項羽本紀〉篇幅較長，且教師導讀時不需過於逐字逐句介紹，而是介紹故事重點，因此需學生課前閱讀。如文言文閱讀較為吃力，教師可附上翻譯讓學生參考。

2. 教學活動：文本導讀：

　　主要分成兩大部分，一是項羽崛起的過程，包含開頭到「併王其地」。二是項羽失敗的過程，包含「田榮聞項羽徙齊王市膠東」到結束。

　　⑴ 第一部分主要可以分成幾個重點做介紹：

　　　① 項羽少年時的學習都無長性，唯對兵法較有興趣，但也是學了大概後就不學了。

　　　②「彼可取而代之」和力大無窮（此部分可播放影片輔助，在《楚

漢相爭》中有項羽欲秦始皇時說出「彼可取而代之」的片段。
而項羽的力大無窮表現在可「舉鼎」，但很多學生不知道鼎到
底是什麼？有多重？可播放《羋月傳》中秦武王舉鼎卻砸死自
己的片段，讓學生對舉鼎這件事情的困難度有較具體的理解。

③ 與叔父項梁起兵反秦。

④ 謀士范增與為了師出有名而擁立楚懷王為傀儡政權。

⑤ 破釜沉舟與鉅鹿之戰。

⑥ 章邯叛秦降楚、項羽阬殺二十多萬秦軍。

⑦ 鴻門宴（如同學高中國文學習過鴻門宴，此處可簡單帶過）。

⑧ 火燒阿房宮與錦衣夜行、沐猴而冠。

⑨ 分封天下，自立為西楚霸王，尊懷王為義帝後又將其暗殺。

(2) 第二部分則可分為以下幾點介紹：

① 因分封不公引起諸侯不滿，劉邦也伺機而起，但一開始大敗。

② 劉邦離間范增和項羽。

③ 殺紀信、烹周苛、殺樅公。

④ 劉邦之「分一杯羹」。

⑤ 楚漢相持不下，項羽欲和劉邦單挑，但劉邦不肯。

⑥ 情勢產生變化，項羽逐漸失勢，與劉邦約定楚河漢界。

⑦ 張良與陳平勸說劉邦毀約，不要留下項羽已成後患，於是劉邦
毀約出兵。

⑧ 項羽困於垓下，在夜裡聽見四面楚歌，絕望下慷慨高歌。

⑨ 率八百人突圍，想證明「天亡我，非戰之罪也」。

⑩ 無顏見江東父老，因而烏江自刎，並將自己的人頭指定給王
翳。

⑪ 死後情景與司馬遷的評價。

3. 學習引導：引導歸納項羽的正面人格特質

在莫菲教授深度討論教學法之精神中，相當著重思辨，並且落實

在討論時，也能進一步藉由不同人的發言，培養尊重他人的精神與同理心。這兩個重點實際在〈項羽本紀〉中也能有所發揮。首先在思辨方面，宋代呂祖謙曾在《史說》中說：

> 人二三十年讀聖人書，一旦遇事，便與里巷人無異，指緣讀書不作有用看故也。何取？觀史如身在其中，見事之利害，時而禍患，必掩卷自思，使我遇此等事，當作何處之。如此觀史，學問亦可以進，智識亦可以高，方為有益。[1]

而臺大教授呂世浩在《秦始皇：一場歷史的思辨之旅》中進一步說：

> 當你讀一本歷史書，讀到書中的古人面臨重要的抉擇關頭時，請你這時立刻把書蓋上。
>
> 好好想一想，如果你身處對方的位置時，你會如何決定？作什麼樣的決定？把一切都想清楚後，再把書打開，看看這個人物是怎麼做的，他最後作了什麼樣的決定？他的決定帶來的是成功或是失敗？原因何在？然後比較自己與古人，在選擇和方法上有何異同之處？
>
> 這種學習歷史的方法，重視的不是「記憶」，而是「思辨」。
>
> ……這也就是太史公所說的，讀史是為了「原始察終，見盛觀衰」（太史公自序）、「考之行事，稽其成敗興壞之理」（報任少卿書）。[2]

也就是說，學習歷史不是只是「閱讀」或「記憶」一個歷史人物的生平，而應該對他的決策、行為進行更深入的理解和思考。所以〈項羽本

---

[1] 宋・呂祖謙：《麗澤論說集錄》（浙江大學圖書館藏文瀾閣本《欽定四庫全書》），卷10，頁4左。

[2] 呂世浩：《秦始皇：一場歷史的思辨之旅》（臺北：平安文化，2014年6月），頁26-28。

紀〉的學習，教師不需先提供項羽這個人的成敗關鍵有哪些，而應該讓學生自己去設身處地的思考，由他們自己去發現和分析歸納。

　　因此教師在文本導讀後，可讓同學進行分組，開始就文本中項羽的所作所爲，歸納其可能具有哪些人格特質。第一週爲項羽崛起的過程，因此可先歸納項羽人格特質中的優點，和其好的決策爲何，帶來怎樣的成果。第二週爲項羽失敗的過程，此時可歸納項羽人格特質中的缺點，和其不好的決策爲何，帶來怎樣的後果。

　　再者是同理的部分。筆者曾於課堂上實行過一次分組討論，請學生分析項羽有哪些正面和負面的人格特質，結果發現，許多同學都覺得他負面的人格特質較多。當然如果從〈項羽本紀〉來看，那些關於項羽坑殺了一堆人、剛愎自用、多疑猜忌、死到臨頭還不認錯的記載，確實會讓學生覺得負面特質較多。但項羽未曾稱帝，司馬遷卻將其歸入「本紀」，並在「贊」的地方說：「夫秦失其政，陳涉首難，豪傑蜂起，相與并爭，不可勝數。然羽非有尺寸，乘執起隴畝之中，三年，遂將五諸侯滅秦，分裂天下，而封王侯，政由羽出，號爲『霸王』，位雖不終，近古以來未嘗有也。」司馬遷對於項羽能夠崛起得這麼快，顯然是肯定的，能達到這樣成就的人，也不會一無可取，因此也可以請同學多思考項羽是否還有優點，這樣觀察一個人物會比較全面。同時還要讓同學學習，除了知道一個人的決策會帶來什麼後果之外，更要理解他下決策背後的原因、心理因素是什麼。

4. 教師總結：指出思考盲點或文本解讀問題

　　引導討論時，教師可請同學思考，人是複雜的，不會只有好的一面或壞的一面，其決策也可能會因爲各種因素有不一致的地方。且因爲如此，大家對於項羽的感受也會有所不同，所以各組可能會產生一些對項羽此人不同的看法。因此總結時，可以就這些差異再引導同學思考，爲什麼會有這樣的落差？是否你們觀看人物的角度不同？還是歸納的過程中，思考有無盲點？在項羽的優、缺點中，是否有某種矛盾？或者是

「過與不及」造成的？最後也可以提醒學生，許多歷史人物或公眾人物，往往已被賦予既定的偏見或標籤，但如果深入去了解這個人，或許會產生一些不同的看法。

(二)第三週：

1.學習引導：如果你是項羽？

可先稍微回顧前兩週同學討論出來的結果，並視情況複習或解釋「深度討論教學法」中的問題類型。但一開始說明討論的重點和提問切入方向時，一開始並不一定要根據問題類型，而是可以由大方向去引導，例如：「為什麼他會這樣做？」「他這樣做的背後原因是？」「如果換成你，會怎麼做？」然後主要由「分析型」、「歸納型」、「推測型」、「感受型」等問題（如教師覺得有需要，其他問題類型亦可加進來），請學生提問。但問題需環繞一個核心：即項羽的所作所為和決策，其背後的原因是什麼。並可引導他們思考，真的是「性格決定命運」嗎？在項羽的故事中，影響他決策的，除了性格之外還有什麼原因？而如果是你，你在碰到一些關鍵的時機時，所下的決策會和他一樣嗎？如果會，是為什麼？如果不會，又是為什麼？而當你用後人的眼光去評判他時，是否曾設身處地還原當時情境後才下評判？

2.小組討論與分享：

根據以往經驗，當學生開始提問後，可能會出現一些問題，例如問題過於抽象不具體，或範圍太大難以聚焦，因此必須請他們修正問題。再者，提問常常不夠完整，因此可以引導學生在陳述問題時，應先說明是從文本中的哪個片段引發、延伸出來的，並應舉出這一片段的原文或大概，再發問主要的問題。

學生在討論該如何問問題時，教師亦可先觀察同學提出的問題，再思考各組之間的問題能不能連結起來，變成一系列可層層遞進的推問，或者由教師自己延伸出更深層的問題。若剛好有這樣的機會，教師可指

定小組寫在黑板或軟白板上的問題，然後由全班同學一起討論。如果沒有這樣的機會，則請各組提出自己認為最有討論價值的問題，再由其他組挑選問題進行討論。而發表完看法之後，提問被回答的那一組，也應有所回應。

3. 教師總結：找出問題的意義或指出思考盲點

教師可在最後針對同學們的提問，說明其問題的價值或意義在哪。或者如有某組的提問，特別常被其他組選中，教師亦可分析其原因。

(三) 第四週：

1. 教師引導：文本與自身經驗的連結

對於歷史的理解，最終還是要回到自身，將其作為借鏡。因此第四週可讓學生回顧自己的生命故事，想一想過去曾發生過的成功或失敗經歷，當時自己是下了什麼決策？為什麼會這樣下？結果是什麼？導致這個結果的關鍵原因是什麼？如果事情重來一次，或將來再遇到類似情況，又會如何面對和處理？你後來又體會或學到了什麼？然後將這個經驗寫下，作為自己的省思，也作為與同學的經驗分享。而在寫作之前，教師可先藉由以上脈絡，分享自己的經驗，當作學生的寫作參考。

2. 課堂活動：單元寫作——「我的生命經驗」

教師可視情形規劃時間，給學生在課堂上寫作，並鼓勵學生分享這些自己的生命經驗。至於分享形式，可利用各校的教學平臺展示作品，但學生不一定會去點閱，因此或可將全班同學的作品（從中挑選幾篇佳作也可）編輯成冊，印製出來發給同學作為紀念。

再者，採用比賽的方式亦可，學生完成作品後，挑出幾篇佳作給予名次，或請同學進行投票。最後給予作品優異的同學加分或小獎品作為鼓勵。

四、學習單

附件一

學習單設計說明：

　　本單元藉由深度了解項羽這個歷史人物，進而思考一個人物的性格、決策可能帶來怎樣的後果。而《史記‧項羽本紀》在記載項羽的過程中，多為較客觀的敘述，直到末段的「太史公曰」才加入對項羽的評價。因此可以讓學生自己先從文本中，找出項羽的幾個重要事蹟，或有關他性格方面的敘述，再歸納其人格特質。同時，由於人是複雜的，有優點也有缺點，因此必須要由正、反兩方去歸納，才能較深的理解人物。也由於有了較深的理解，才能進行更深度和高層次的思考，並提出較有意義的問題。

項羽的人格特質表

組員：

日期：

一、人格特質有很多種，有正有反，以下為參考指標：

勇於突破／ 墨守成規	懂得感恩／ 忘恩負義	冷靜思考／ 衝動易怒	善聽建言／ 剛愎自用
勇敢果斷／ 優柔寡斷	心胸寬闊／ 心胸狹窄	努力堅持／ 半途而廢	謙虛有禮／ 驕傲自大
溫柔善良／ 暴戾殘忍	觀察敏銳／ 糊里糊塗	勇於負責／ 逃避責任	樂於分享／ 自私自利
小心謹慎／ 粗心大意	堅貞信實／ 善變多疑	信心十足／ 沒有自信	腳踏實地／ 好高騖遠

二、請根據《項羽本紀》中，你所讀到的項羽形象，挑出他有的正面、反面特質各五個，依據程度的不同，繪製雷達圖：

(一) 正面形象：

(二) 這些人格特質是由哪些〈項羽本紀〉的記載歸納出來的？

(三) 項羽下了哪些好的決策？帶來什麼成果？

㈣ 反面形象：

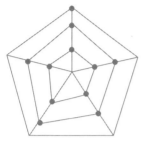

㈤ 這些人格特質是由哪些〈項羽本紀〉的記載歸納出來的？

㈥ 項羽下了哪些壞的決策？帶來什麼後果？

附件二

學習單設計說明

　　「深度討論」問題中，推測型、分析型、歸納型問題屬於較高層次思考的問題，同時也符合本單元設計的幾個概念，例如「如果你是項羽」這個概念，本身就可以問出和推測型相關的問題。而「分析」和「歸納」型問題，則可以是前兩週對項羽人格特質了解後的思考。最後，由於本單元也重視同理心和換位思考，所以「感受型」的問題可以觸發學生往這方向思索。因此教師可先設定這四個問題是必答的，其他問題則可視討論的時間或情況斟酌加減。

深度討論學習單

1. 閱讀思辨討論篇章／日期：

2. 分組討論

討論成員	書面記錄人	口頭報告人

3. 問題類型及定義

深度討論（Quality Talk）問題類型	
問題類型	定義
問題類型編碼	測試型問題 TQ、追問型問題 UP、分析型問題 AY、歸納型問題 GE、推測型問題 SQ、感受型問題 AF、連結型問題 CQ
測試型問題 TQ（Test Question）	有固定或單一答案的問題。
追問型問題 UP（Uptake Question）	承續他人意見，接著問下去，帶出更多對話的問題。
感受型問題 AF（Affective Question）	閱讀文章後，連結個人生活經驗而提出問題。

推測型問題 SQ（Speculate Question）	閱讀文章後，思考各種可能性而提出問題。
歸納型問題 GE（Generalize Question）	與檢索、擷取文章內容有關的問題。
分析型問題 AY（Analysis Question）	帶有個人觀點，同時涉及組織推論文本相關資訊的問題。
連結型問題 CQ（Connection Question）	將文本與既有知識、其他文本或上次討論進行連結而提出問題。

4. 預計上臺示範問題

本組提問	問題描述：
問題類型	問題類型歸納（可複選）：
本組回應	問題描述：
	回答：

五、教學效益評估

　　有關人物的品評，同學們過去曾閱讀過人物傳記或《世說新語》，應該都不陌生。但是評論一個人物，或甚至評論一件事情，除了盡量客觀真實外，又該如何深入理解，而不至於流於表面、粗淺的理解，其實很重要。特別是在網路發達的今天，網路上的網民、酸民們，往往針對某個人物或某件時事發表看法，有些固然精闢入裡，更多的卻是不深入理解就隨意評論或謾罵，觀看的其他人也可能因此受影響，不多加思考就輕信。因此，讓同學能從多面向的角度思考，並且有換位思考的同理心，是本次課程設計的重點，預計有以下效益：

㈠訓練思考事情時，能由正、反兩面去想，如此探究人物或事情時，才能不被僵化的思維模式局限。

㈡訓練思考事情時，還能多方從資料查找證據、例證，或者與他人討論，加強建構論點的能力，同時讓自己能看到更多視野和不同的面向，也能降低思考盲點。

㈢培養同理心，藉由換位思考讓自己對他人設身處地，並能理解、感受他人在其身分背景下，所經歷的事情與應對的能力。並在往後的人際交往中，能多多體會別人的情緒和感受，理解別人的立場和想法，進而用更為周到、圓融的方式處理問題。

關於愛情
元雜劇《西廂記‧驚艷》深度閱讀與延伸討論

林佩怡

國立中央大學中國文學系博士，國立臺灣師範大學共同教育國文組兼任助理教授。博士論文為《劇與詩的競合──《王西廂》戲劇性價值之研究》。主要研究、教學領域為戲曲劇種、崑曲藝術、《西廂記》戲曲與文學、戲曲藝術理論與實踐。2019 年開始參與師範大學共教國文「深度閱讀與討論」教學、出版、研究等工作，學術關懷與教學亦擴展至閱讀策略、中文思辨與表達、自主學習、雲端學習、行動學習等領域。出版過童書，為電影公司撰寫動畫劇本……目前持續耕耘中，亦從事童蒙及經典文學課程的規劃與教學活動。

一、教學目標

　　現今中小學教育鮮少談論愛情、婚姻、愛等課題，文學相關課程內容中提及亦不多。然而學生一旦進入青少年期，便開始面臨性別、愛情、關係等衝擊，往往不了解如何表達感受，與心儀對象互動。進入社會工作後被視為成年人，又開始面臨社會價值、社會觀感，要求其對愛情、婚姻繳出成績單──盲目追求或是不明所以，衍生出很多社會問題。

　　元雜劇《西廂記》[1]以男女追求婚戀自由為主題，故事背景雖為唐

---

[1]　元‧王實甫原著，王季思校注本：《西廂記》（臺北：里仁書局，1995 年）

朝，內容的普世價值與戲劇、文學上的藝術成就，堪稱經典。其對人物形象、行動、內心活動、情節事件刻畫生動細膩，有益讀者了解、感受愛情的萌發、發展、過程、結果。《西廂記·驚艷》[2]一折編寫的正是男女主人翁初見、愛情萌生的一刻。本教案由此折出發、延伸至相關文本，運用「深度閱讀與討論」的技巧，在課堂上進行愛情婚姻等主題的探論，希望達到以下學習成效：

㈠中外戲劇文本形式的認識。

㈡愛情的發生與婚姻中的相處之道。

㈢從相關哲學思想、歷史脈絡，探討婚姻本質。

二、討論課流程

閱讀文本	1. 主要文本：《西廂記·驚艷》 2. 對照與延伸討論文本： 　⑴《羅密歐與茱麗葉》第一幕·第五場 [3] 　⑵《先知·愛情》[4] 　⑶〈婚姻〉（奧修語錄）[5] 　⑷《婚姻的歷史》（youtube 影片）[6]
進行時間	2 週 4 堂課，共 200 分鐘
教學方法	深度討論教學法、情境式閱讀、探索式閱讀、跨文本與跨文化深度討論、戲劇演出

2　即《西廂記》第一本第一折。元·王實甫原著，王季思校注本：《西廂記》，頁 5-16。

3　英·威廉·莎士比亞（William Shakespeare）著，傅光明譯：《羅密歐與茱麗葉》（臺北：臺灣商務，2014 年），頁 74-89。

4　紀伯倫著，劉珮芳譯：《先知》（臺中：晨星出版社，1995 年），頁 29-31。

5　https://www.osho.com/ch/highlights-of-oshos-world/%E5%A5%A7%E4%BF%AE-%E5%A9%9A%E5%A7%BB-%E8%AA%9E%E9%8C%84

6　https://www.youtube.com/watch?v=ZZZ6QB5TSfk&feature=youtu.be

課程規劃				
週次	討論主題	上課流程		時間分配
第1週第1堂	閱讀經典文學《西廂記‧驚艷》	暖身	概觀全劇	10分
		互動活動	認識戲曲藝術	20分
		分組閱讀	探索式閱讀《西廂記‧驚艷》	20分
第1週第2堂		暖身	主題引導提問	5分
		演出活動	《西廂記‧驚艷》情節分析	10分
			《西廂記‧驚艷》一幕定格演出	10分
		戲劇欣賞	《西廂記‧驚艷》戲曲各劇種演出比對	15分
		情節預測	預測故事未來發展方向	10分
第2週第1堂	愛情與婚姻深度閱讀與討論	暖身	《羅密歐與茱麗葉》第一場第五幕限時閱讀與提問回答	15分
		分組討論	《羅密歐與茱麗葉》第一場第五幕、《西廂記‧驚艷》深度閱讀比較討論	20分
		自由創作	「什麼是婚姻？」暖身發想與創作	15分
第2週第2堂		主題創作	以婚姻為主題，創作短詩或短文	10分
		深度閱讀	閱讀紀伯倫 & 奧修關於「婚姻」的文章並回答問題	15分
		分組討論	紀伯倫 & 奧修關於「婚姻」的深度討論	20分
		結語	《婚姻的歷史》youtube 影片	5分

三、流程說解

　　本教案共分兩大部分：

第一部分：閱讀理解元雜劇《西廂記》

　　此部分透過情境與任務的設定，引發學生閱讀《西廂記》的興趣，培養他們解決問題與自主學習的能力。透過共讀、發想、提問、討論、讀劇、演劇、再度討論⋯⋯活動，更深刻地了解文本。為第二部分的跨文本、跨領域閱讀與討論打下基礎。

㈠ 第1週第1堂：西廂記初探（請參用學習單附件一）

1. 概觀全劇

　　設定讀者閱讀情境，引導學生破解古代典籍。若學生為元代戲班班主，該如何讓《西廂記》上演？

　　引導提問：

⑴ 從書名看來，這是一本怎麼樣的書？

⑵ 如果你是戲班班主，要怎麼呈現這個劇本？

⑶ 演出時間如何安排？如何分場？

2. 認識戲曲藝術：

　　節選京戲經典老戲〈秋江〉、〈拾玉鐲〉、〈三叉口〉，進行聽聲辨戲、虛擬動作等判讀活動，讓學生對戲曲表演形式與演出程式有初步認識。

3. 探索式閱讀《西廂記・驚艷》

　　將學生分組，請他們解決如下問題：

⑴ 此折有哪些人物？

⑵ 如何替人物分配行當？

⑶ 眾多曲文該如何分配演唱？

⑷ 該折演出重點為何？請為該折訂下劇目。

ⓥ 第1週第2堂：情節結構與主題討論

1. 主題引導提問

以 google 表單提問，詢問學生與《西廂記·驚艷》情節內容的相關經驗與感受。問題如下：

(1) 請為你最喜歡的男生 / 女生寫下三個形容詞？

(2) 回溯初次見面那天，如果你匆匆見了他 / 她一眼，對方便消失了，你會有什麼感受？

移動 google 表單滑軸，可隱匿學生姓名，讓學生更願意表達自己的想法。並且可以綜觀所有人的想法，可以更容易進入接下來的劇本討論。

2.《西廂記·驚艷》一幕定格演出（請參用學習單附件二）

(1) 將學生分組，每組約 4-6 人。提供演出規劃表，請學生分析《西廂記·驚艷》情節架構，並判斷此折最核心的情節。

(2) 定格演出：各組就所認定的戲劇核心進行定格演出。學生多半皆能找到此折情節重心，呈現張生見到鶯鶯的驚天動地的一刻。

(3)《西廂記·驚艷》戲曲演出影音資料之運用

學生經過第一階段劇本閱讀，從中認識了不少戲曲知識，對於拆解劇本已有熟練度了。接下來，播放各劇種《西廂記·驚艷》一折中，崔張二人初見的那一幕，約 5-10 分鐘的情節，並提供各劇種〈驚艷〉演出呈現分析表（附件二），協助學生感受與比較各劇種詮釋這段情節的異同，並說出自己比較喜歡的詮釋風格與方式以及原因。

讓學生先做定格演出之後，再觀賞比對各劇種演出，較可引發學生對劇本文字想像的空間。若先觀看劇種演出再讓學生進行演出的話，容易使學生以模仿了事或自我局限。

⑷預測故事未來發展方向

引導提問：

①崔張兩人戀情將會如何發展？

②什麼人、事、物可能是崔張戀情發展的阻力？

因為學生泰半對《西廂記‧驚艷》文意或劇本格式、文意陌生或不了解，此一學習階段，學生所提問題雖以測試型問題居多，但也因此養成提問習慣。先求其對文本有所理解，為後續更深廣的提問與討論建立基礎。

第二部分：深度閱讀與討論

透過其他相關文本與《西廂記‧驚艷》的比對與深度討論，讓學生對於愛情、婚姻等議題，能有更深刻與寬廣的視野，同時增進思辨與表達的能力。帶領學生挖掘更多了解自己、認識自己、他人與人我關係的角度方法，對創造自己想要的人際關係與人生有所幫助。

㈠ 第2週第1堂：愛情產生的要素

1. 《西廂記》與《羅密歐與茱麗葉》之比較閱讀

⑴《羅密歐與茱麗葉》第一場第五幕限時閱讀

課堂一開始，發下《羅密歐與茱麗葉》第一場第五幕劇本。將劇本中羅密歐與茱麗葉名字改以符號表示，讓學生猜測主角名字以及劇情相關提問。讓學生登入預設的 google 表單，並在規定的時間內回答問題。學生都完成作答之後，打開回應表列進行共同討論。空缺的主角姓名引起學生破解的渴望，創造他們閱讀的動力。

⑵分組深度討論（請參用學習單附件三）

請學生將《羅密歐與茱麗葉》第一場第五幕與《西廂記‧驚艷》進

行討論比較。

　　引導提問：

　　① 你認爲兩個劇本在情節結構及內容上有何異同？

　　② 就這兩個文本而言，愛情是如何發生的？或你認爲愛情的元素
　　　爲何？

　　請學生就這兩個文本的情節內容，提問討論之。可以針對文本內
容，也可以連結自身經驗。

　　請各組組員各自提問，分組討論後，各組挑選一個問題，分別寫在
黑板上，全班逐題共同討論。

2. 「什麼是婚姻？」暖身發想與創作：

　　① 自由寫作：摘出紀伯倫《先知・婚姻》中「空間、神靜默的記
　　　憶裡、天堂的風、死神、杯子、麵包、歌唱、舞蹈、捆縛、琴
　　　上的弦、廊柱、廟宇、橡樹、絲柏」等字詞，讓學生各挑選數
　　　個。「不限主題」，自由寫下一篇短文或是一首小詩，並在 FB
　　　群組留言，讓同學可以欣賞彼此的作品，並對文章有初步印象
　　　與想像空間。

㈡ 第2週第2堂：深度閱讀與討論

1. 主題創作

　　紀伯倫《先知・婚姻》中，以詩意的文字詮釋婚姻中美好關係的樣貌。讓學生再次挑選紀伯倫《先知・婚姻》中「空間、神靜默的記憶裡、天堂的風、死神、杯子、麵包、歌唱、舞蹈、捆縛、琴上的弦、廊柱、廟宇、橡樹、絲柏」等字詞，六個或以上（可與上次挑選不同），以「婚姻」為主題，再創作一個短文或短詩。讓他們發掘內心對婚姻的觀感。

2. 紀伯倫&奧修關於〈婚姻〉的深度閱讀（請參用學習單附件四）

　　限時閱讀完紀伯倫與奧修討論「婚姻」的文章後，教師以 google 表單提問，提供討論鷹架，引導學生思考：

⑴ 同樣是談論婚姻，在這兩篇選文中，請說明紀伯倫和奧修談論內容主題上有何不同？

⑵ 紀伯倫談論了哪些議題？

⑶ 奧修談論了哪些議題？

⑷ 你覺得什麼是婚姻？什麼是美好的婚姻？

⑸ 你覺得人類為什麼會創造婚姻制度？

⑹ 就你過去的閱讀經驗中，除了《西廂記》、《羅密歐與茱麗葉》，還有哪些文學作品以愛情和婚姻為主題？其主要觀點是什麼？

⑺ 就你過去的觀賞經驗中，有哪些電影或動畫或漫畫以愛情和婚姻為主題？其主要觀點是什麼？

3. 分組深度閱讀與討論

　　請同學就以上兩篇文章進行發想與討論。

4. 觀賞《婚姻的歷史》youtube短片後

老師以PPT討論婚姻制度產生與演變，引導並請同學再次表達其對婚姻的認識、對婚姻的觀感，共同總結婚姻的本質及意義。

四、學習單

附件一

學習單設計說明：

以此學習單配合第1周第1堂「西廂記」初探的課程，引導學生認識戲曲劇本格式。

◎劇本格式認識

根據老師的提問，直接在劇本上，標示出你的答案後，由組長統整上傳至FB。

張生（唱）：【村裏迓鼓】隨喜了上方佛殿，早來到下方僧院。行過廚房近西，法堂北，鐘樓前面。遊了洞房，登了寶塔，將迴廊繞遍。數了羅漢，參了菩薩，拜了聖賢。（鶯鶯引紅娘捻花枝上）

鶯鶯：紅娘，俺去佛殿上耍去來。（末做見科）

張生：呀！正撞著五百年前風流業冤。（唱）：

【元和令】顛不剌的見了萬千，似這般可喜娘的龐兒罕曾見。則著人眼花撩亂口難言，魂靈兒飛在半天。他那邊盡人調戲軃著香肩，只將花笑撚。

【上馬嬌】這的是兜率宮，休猜做了離恨天。呀，誰想著寺裡遇神仙！我見他宜嗔宜喜春風面，偏、宜貼翠花鈿。

【勝葫蘆】則見他宮樣眉兒新月偃，斜侵入鬢雲邊。

鶯鶯：紅娘，你覷：寂寂僧房人不到，滿階苔襯落花紅。

張生：我死也！（唱）未語人前先靦腆，櫻桃紅綻，玉粳白露，半響恰方言。

【幺篇】恰便似嚦嚦鶯聲花外囀，行一步可人憐。解舞腰肢嬌又軟，千

般嫋娜，萬般旖旎，似垂柳晚風前。

> 紅娘：那壁有人，咱家去來。（鶯鶯回顧覷張生，下）
>
> 張生：和尚，恰怎麼觀音現來？
>
> 法聰：胡說，這是河中開府崔相國的小姐。

附件二

學習單設計說明：

配合第1周第2堂課「情節結構與主題討論」使用。

◎尋找戲劇核心

一、請問四個劇團的演出，如何表現張生第一次見到崔鶯鶯的瞬間？請以劇本格式簡要寫出來。唱詞可以刪節號（……）表示，寫出對話與動作即可。

劇團	劇本內容
浙江小百花越劇團	
北方崑曲劇院	
中國京劇院	
江蘇省崑劇團	

二、這四個演出風格，內容上有何不同？你最喜歡哪一個？為什麼？

三、你覺得劇情接下來會如何發展？

附件三

學習單設計說明：

　　《西廂記》與《羅密歐與茱麗葉》分別為中西愛情故事戲劇經典著作。而《西廂記 · 驚艷》與《羅密歐與茱麗葉》第一場第五幕，皆為男女主角一見鍾情的情節，讓學生探討兩個劇本這個部分情節結構及內容與愛情發生元素。

深度閱讀與討論	閱讀文本： 1.《西廂記 · 驚艷》 2.《羅密歐與茱麗葉》第一場第五幕			
問題類型	定義	提問		回答
測試型問題	有固定或單一答案的問題	提問者		答題者
追問型問題	承續他人意見，接著問下去，帶出更多對話的問題。	提問者		答題者
分析型問題	帶有個人觀點，同時涉及組織推論文本相關資訊的問題。	提問者		答題者
歸納型問題	與檢索、擷取文章內容有關的問題	提問者		答題者
推測型問題	閱讀文章後，思考各種可能性而提出問題。	提問者		答題者
連結型問題	將文本與既有知識、其他文本或上次討論進行連結，而提出問題。	提問者		答題者
感受型問題	閱讀文章後，連結個人生活經驗所提之問題。	提問者		答題者

附件四

學習單設計說明：

　　探討過愛情的發生與對婚姻的想像與相處之道後，我們從哲學與歷史層面來探討婚姻的本質。

深度閱讀與討論	閱讀文本： 1. 紀伯倫《先知‧婚姻》 2. 〈婚姻〉（奧修語錄） 3.《婚姻的歷史》（youtube 影片） 　 https://www.youtube.com/watch?v=ZZZ6QB5TSfk&feature=youtu.be				
討論主題：	請同學就以上文本，以「婚姻的本質與目的」為主題，進行提問與討論。				
問題類型	定義	提問		回答	
測試型問題	有固定或單一答案的問題	提問者		答題者	
追問型問題	承續他人意見，接著問下去，帶出更多對話的問題。	提問者		答題者	
分析型問題	帶有個人觀點，同時涉及組織推論文本相關資訊的問題。	提問者		答題者	
歸納型問題	與檢索、擷取文章內容有關的問題	提問者		答題者	
推測型問題	閱讀文章後，思考各種可能性而提出問題。	提問者		答題者	
連結型問題	將文本與既有知識、其他文本或上次討論進行連結，而提出問題。	提問者		答題者	

感受型問題	閱讀文章後，連結個人生活經驗所提之問題。	提問者		答題者	

五、教學效益評估

㈠ 訓練培養學生自主學習與解決問題的能力

1. 從「無知」出發，鼓勵犯錯

　　古今中外的經典作品，蘊涵了人生智慧的結晶，若擁有直接閱讀原文的能力，而非透過他人的詮釋、翻譯的二度理解，是最理想的閱讀方式。《西廂記》為元雜劇劇本，學生中小學階段雖然有文言文閱讀訓練，但戲劇文學在國文課文中選文如鳳毛麟角，加之學生對劇本形式也比較陌生。因此《西廂記》除了是對本教學主要議題——「愛情」、「婚姻」、「愛」的思辨與討論——非常好的文本之外，也可以藉此建立學生對於陌生文本閱讀的勇氣與信心。對於增進閱讀能力有很大的幫助。

　　閱讀能力是可以培養的，本教案讓學生從「無知」出發，先快速瀏覽書名、內容，讓學生判斷文本內容和主題，引發好奇心，接下來，老師針對劇本演出形式提問，引發閱讀動機並從旁協助。學生為了解決如何演出劇本的問題，成為發問的主體。老師就其問題解答與延伸說明，而不做單向式的知識灌輸，學生反而更容易掌握劇本格式與閱讀方向。老師以鼓勵探索、歡迎提問與犯錯的正面態度進行課程，學生大多會願意投入閱讀活動，有時下課仍繼續提問與討論。

2. 情境式閱讀

　　讓學生將自己定位為元代戲班班主，當手邊有《西廂記》這樣一個劇本，該如何呈現呢？從此情境式的閱讀角度出發，引發了學生解讀劇本的動機。在透過以下所列閱讀方向的提示，學生有如突破關卡般地解讀對他們一開始猶如天書的元雜劇劇本。

　　在此閱讀情境設定下，學生需要解決字詞、文意、劇本格式乃至戲曲演出、元代社會文化各面向的疑惑，從而不斷地閱讀文本。此經歷除了加深對文本內容與形式的理解，也對戲曲表演藝術有了初步認識。共同閱讀過程中，可以提供注釋，但不一定需要提供譯文（若學生程度較不足則可以提供譯文），透過活動促使學生不知不覺多次閱讀《西廂記》劇本，建立學生親炙經典的信心。

㈡ 深度閱讀與討論

　　深入理解《西廂記‧驚艷》之後，加入《羅密歐與茱麗葉》進行跨文化的比對閱讀。除了豐富討論內容，也能讓學生發現不同文化領域詮釋愛情課題的異同之處。

　　閱讀紀伯倫與奧修對於婚姻的詮釋，可以有兩個層次的討論。紀伯倫《先知‧愛情》可引導同學思考及討論如果婚姻是必然的，那麼什麼是美好的婚姻關係？〈婚姻〉（奧修語錄）則促使同學探討婚姻的本質與對生命的意義，閱讀討論此文，有助學生檢視、探討什麼是婚姻？

　　《婚姻的歷史》（youtube 影片）則讓學生了解婚姻的產生、發展歷史與對人類的意義。

　　本教案透過愛情故事、哲人思想，與婚姻歷史演變等議題的深度閱讀與討論，有助學生對愛情、婚姻的本質與意義，建立更深刻豐富的認識。

兩難情境
以《紅樓夢》中的襲人爲例

吳翊良

吳翊良，國立成功大學中國文學研究所博士，國立臺灣師範大學共同教育委員會國文教育組兼任助理教授。研究領域為明清文學、南明詩歌、遺民文學、六朝辭賦，並旁及國文教學創新與寫作思辨課程。撰有《南都・南疆・南國——南明（1644-1662）遺民詩中的「南方書寫」》（龔鵬程主編：古典詩歌研究彙刊第十七輯，新北市：花木蘭文化出版社，2015 年）；《空間・神話・行旅——漢晉辭賦中的「山水書寫」研究》（曾永義主編：古典文學研究輯刊第十一編，新北市：花木蘭文化出版社，2015 年）；《學校沒有教的作文課——學測寫作如何拿高分？》（新北市：永和，2018 年）。另有學術類文章 9 篇，寫作思辨類文章 28 篇。

一、教學目標

　　對於剛考完學測、統測、指考，通過教育體制升上大學的新鮮人來說，「選擇」絕對是常見的習題：選什麼學分？怎樣才能順利畢業？如何談一場戀愛？是否要轉系、雙主修？未來的前途在哪裡？我是否辜負了家人對我的期許？凡此種種，小至社團的參與，大至未來就業的方向，莫不在於是否有著正確的選擇走向自己的道路。

　　然而何謂正確？適合他人的，難道就可以完全套用在自己身上？我們都知道，這是不合乎情理的。

　　在這單元中我們設計了從影像、哲學、文學的閱讀文本，引領同學思考：「兩難情境」將隨著時地、情境、脈絡、因緣、選項、資源、知

識、環境的差異，可能會令人難以立即做出選擇與判斷，同時就在這擇定的背後，其實隱然牽涉了道德、倫理、良知、良能、真實、表象的網絡系統，甚至是美感價值的取決判斷。藉由有層次的討論，冀望達到以下目標：

㈠生活中的兩難，如何面對？「選擇」，有正確的答案嗎？

㈡培養同理心，如何設身處地，還原不同處境下的人性抉擇。

㈢討論畫面訊息：〈飢餓的蘇丹〉的畫中有話。

㈣簡介哲學命題：電車難題的倫理思考。

㈤閱讀傳統經典：深度討論《紅樓夢》中的襲人。

二、討論課流程

閱讀文本	1. 原典《紅樓夢》[1] 2. 圖像〈飢餓的蘇丹〉（*The Starving of Sudan*） 3. 小說《餘震》[2] / 電影《唐山大地震》[3] 4. Michael Sandel：《正義：一場思辨之旅》[4]
進行時間	4 週 8 堂課，共 400 分鐘
教學方法	1. 文本細讀 2. 情境討論 3. 影像閱讀 4. 分組討論 5. 深度討論[5]

---

[1] 〔清〕曹雪芹著，馮其庸校注：《紅樓夢校注》（臺北：里仁，1984 年）。

[2] 張翎：《餘震》（臺北：時報文化，2010 年）。

[3] 馮小剛導演：《唐山大地震》，2010 年上映。

[4] 邁可‧桑德爾 (Michael Sandel)：《正義：一場思辨之旅》，譯者：樂為良（臺北：雅言文化，2011 年）。

[5] 此處的 QT 討論亦即「深度討論」（Quality Talk）。簡言之，就是針對文本提出問題，計有底下幾種類型：測試型問題 / TQ、追問型問題 / UT、分析型問題 / AY、歸納型問題 / GE、推測型問題 / SQ、感受型問題 / AF、連接型問題 / CQ。各類型的定義與介紹，詳見後述。

課程規劃			
週次	討論主題	上課流程	時間分配
第1週第1堂	《紅樓夢》面面觀	課堂暖身　學習引導：教學內容簡介	10分
		教師講授　眾家說《紅樓夢》：張愛玲、白先勇、蔣勳	15分
		課堂活動　「十二金釵」的人物性格	25分
第1週第2堂	《紅樓夢》的跨域	教師講授　《紅樓夢》的改編與詮釋：以影視作品為主	35分
		小組討論　對照記：文本、影像的差異	15分
第2週第1堂	《紅樓夢面面觀》	課堂活動　概括《紅樓夢》的重要情節	5分
		教師講授　《紅樓夢》面面觀	15分
		小組討論　《紅樓夢》中的詠花詩	30分
第2週第2堂	《紅樓夢》的詩作鑑賞	小組討論　「詠菊詩」的分析與評述	40分
		教師總評　回饋與對話	10分
第3週第1堂	晴雯論與襲人論	課堂活動　晴雯與襲人的介紹	5分
		教師講授　(1)晴雯：病補雀金裘、撕扇 (2)襲人：雲雨巫山、告密說	30分
		小組討論　晴雯與襲人的對立性格	15分
第3週第2堂	晴雯論與襲人論	小組分享　你是誰的投射？（感受、連結問題）	30分
		教師總評　觀點討論與分享回饋	20分
第4週第1堂	「兩難情境」的引導	課堂活動　說明何謂「兩難情境」？	5分
		教師講授　(1)圖像〈飢餓的蘇丹〉 (2)小說《餘震》/電影《唐山大地震》 (3)Michael Sandel：《正義：一場思辨之旅》	25分

		小組討論	(1)討論「襲人」的雙面性格及其涵義 (2)思考「襲人」的兩難處境與居身大觀園的情境脈絡	20分
第4週 第2堂	「兩難情境」的討論	小組分享	「襲人」在大觀園的處境與情境	30分
		教師總評	回饋與對話	20分

三、流程說解

㈠ 第一週（2堂課）

1.第一堂

(1)課堂暖身

在第一週，我們先理解《紅樓夢》作為世情小說之經典意義。先由闡釋《紅樓夢》的經典評論家開始談起，建立學生的思考觀點，接著則從「人物性格」加以分析，將人物群像與小說情節相互結合。

(2)教師講授

有了《紅樓夢》的時代背景、歷史意義以及故事情節，引導學生進一步地認識幾位「紅學專家」及其詮釋重點。此處以張愛玲《紅樓夢魘》、白先勇《白先勇細說紅樓夢》、蔣勳《微塵眾：紅樓夢小人物》為主軸。各家說法迥異，理解人物也各自有不同的闡釋，教師可以丟出不同議題，多方討論彼此的詮釋差異。比方說張愛玲、白先勇、蔣勳如何詮釋「林黛玉」，是否有異同之處？可作為思辨的起點。

(3)課堂活動：「十二金釵」的人物性格

此處分析「十二金釵」的人物性格，林黛玉、薛寶釵、賈元春、賈探春、史湘雲、妙玉、賈迎春、賈惜春、王熙鳳、巧姐、李紈、秦可卿等十二位女子的性格與命運。老師們可以自行設計活動，比方說「人物

性格」與「星座血型」的相互對應。

2. 第二堂

(1) 教師講授

《紅樓夢》除了以文字的方式呈現，如何讓學生能夠更快進入文本情境，我們選擇播放 1987 年央視版的《紅樓夢》影視，並挑選「重要情節」（何謂重要？教師可自行評定）加以講述，讓「文字」、「影像」可以參差對照。

(2) 小組討論

觀賞完之後，緊接著請小組討論：

A.作為文字的《紅樓夢》與作為影像的《紅樓夢》，兩者的差異在哪？

B.如果你是故事中的主角，你會如何扮演與詮釋？這時候可以讓他們用戲劇的方式呈現，增加互動與討論。

(二) 第二週（2堂課）

1. 第一堂

(1) 教師講授

有了上述的情節梗概與人物分析，接著我們擬宏觀地鳥瞰整部《紅樓夢》的格局，分別從幾個面向來討論：神話結構、空間場景、設色光譜。以「設色光譜」來說，李渝《拾花入夢記：李渝讀紅樓夢》就特別拈出「美麗的顏色」一節，書中如此描述[6]：

他揉捏詞彙，翻轉句子，使書面文字發出色彩和聲音，現出紋路和質地，把讀者帶到感官和思維迴鳴，現實和非現實更疊交融的地步，拓寬了中文小說的道路。（節錄）

---

[6] 參考李渝：《拾花入夢記：李渝讀紅樓夢》（臺北：印刻，2011 年），頁 8。

例如《紅樓夢》中描寫王熙鳳的登場與衣著：

頭上戴著金絲八寶攢珠髻，綰著朝陽五鳳掛珠釵；項上戴著赤金盤螭瓔珞圈；裙邊繫著豆綠宮絛，雙衡比目玫瑰佩；身上穿著縷金百蝶穿花大紅洋緞窄褃襖，外罩五彩刻絲石青銀鼠褂；下著翡翠撒花洋縐裙。

顏色斑斕，絢麗奪目，光彩耀眼。這樣詩化的語句，不但唸起來有節奏感，浮現在讀者面前的，更是深刻的畫面與立體的景象。

⑵小組討論

《紅樓夢》中有著名的詩社聯吟，底下是眾人題詠「菊」的詩作。在這部分，我們拈出《紅樓夢》中的詠花詩，讓學生進行討論。

憶菊　　蘅蕪君（薛寶釵）
悵望西風抱悶思，蓼紅葦白斷腸時。空籬舊圃秋無跡，瘦月清霜夢有知。念念心隨歸雁遠，寥寥坐聽晚砧痴，誰憐爲我黃花病？慰語重陽會有期。

訪菊　　怡紅公子（賈寶玉）
閒趁霜晴試一遊，酒杯藥盞莫淹留。霜前月下誰家種？檻外籬邊何處愁？蠟屐遠來情得得，冷吟不盡興悠悠。黃花若解憐詩客，休負今朝掛杖頭！

種菊　　怡紅公子（賈寶玉）
攜鋤秋圃自移來，籬畔庭前故故栽。昨夜不期經雨活，今朝猶喜帶霜開。冷吟秋色詩千首，醉酹寒香酒一杯。泉溉泥封勤護惜，好知井徑絕塵埃。

對菊　　枕霞舊友（史湘雲）
別圃移來貴比金，一叢淺淡一叢深。蕭疏籬畔科頭坐，清冷香中

抱膝吟。數去更無君傲世，看來惟有我知音。秋光荏苒休辜負，相對
原宜惜寸陰。

　　供菊　　枕霞舊友（史湘雲）

　　彈琴酌酒喜堪儔，几案婷婷點綴幽。隔座香分三徑露，拋書人對
一枝秋。霜清紙帳來新夢，圃冷斜陽憶舊遊。傲世也因同氣味，春風
桃李未淹留。

　　詠菊　　瀟湘妃子（林黛玉）

　　無賴詩魔昏曉侵，繞籬欹石自沉音。毫端蘊秀臨霜寫，口齒噙香
對月吟。滿紙自憐題素怨，片言誰解訴秋心？一從陶令平章後，千古
高風說到今。

　　畫菊　　蘅蕪君（薛寶釵）

　　詩餘戲筆不知狂，豈是丹青費較量。聚葉潑成千點墨，攢花染出
幾痕霜。淡濃神會風前影，跳脫秋生腕底香。莫認東籬閒採掇，粘屏
聊以慰重陽。

　　問菊　　瀟湘妃子（林黛玉）

　　欲訊秋情眾莫知，喃喃負手叩東籬。孤標傲世偕誰隱？一樣花開
為底遲？圃露庭霜何寂寞，鴻歸蛩病可相思？休言舉世無談者，解語
何妨片語時。

　　簪菊　　蕉下客（探春）

　　瓶供籬栽日日忙，折來休認鏡中妝。長安公子因花癖，彭澤先生
是酒狂。短鬢冷沾三徑露，葛巾香染九秋霜。高情不入時人眼，拍手
憑他笑路旁。

　　菊影　　枕霞舊友（史湘雲）

　　秋光疊疊復重重，潛度偷移三徑中。窗隔疏燈描遠近，籬篩破月
鎖玲瓏。寒芳留照魂應駐，霜印傳神夢也空。珍重暗香休踏碎，憑誰
醉眼認朦朧。

　　菊夢　　瀟湘妃子（林黛玉）

　　籬畔秋酣一覺清，和雲伴月不分明。登仙非慕莊生蝶，憶舊還尋

陶令盟。睡去依依隨雁斷，驚回故故惱蛩鳴。醒時幽怨同誰訴？衰草寒煙無限情。

　　殘菊　　　蕉下客（探春）

　　露凝霜重漸傾欹，宴賞才過小雪時。蒂有餘香金淡泊，枝無全葉翠離披。半床落月蛩聲病，萬里寒雲雁陣遲。明歲秋風知再會，暫時分手莫相思。

　　①閱讀完以上諸詩，你最喜歡哪一首的詩題？爲什麼？（感受性問題／AF）
　　②讀完這些詩作，你最欣賞誰的創作？是否能評論詩風與特色？（分析型問題／AY）

2. 第二堂

(1)小組討論

　　上一堂課，每個人已經寫出自己的分析鑑賞。接著我們以組爲單位，每一組的組員先彼此討論組員中的「問題」，誰寫得最有說服力，誰就可以代表全隊上臺展演。每一組選出「最佳的分析」寫在黑板上，再接受其他組別的回饋與提問。

(2)教師總評

　　最後，教師再根據討論狀況，提供給每一組的「提問」是否有缺漏或謬誤之處？加以反思與總結。

㈢ 第三週（2堂課）

1. 第1堂

(1)課堂活動

　　在本週我們即將進入課程核心主題——襲人與晴雯，藉此先分析兩人的性格，再進一步分辨大觀園中的生活情境。

(2)教師講授

　　晴雯與襲人同是賈府中與賈寶玉最為親近的丫鬟，在賈寶玉心中有著至高的地位，論者甚至以晴雯與襲人，分別為林黛玉、薛寶釵的縮影。此處務必引領學生思辨：她們各自的處境與難題。以晴雯論其「勇晴雯病補雀金裘」、「晴雯撕扇」；以襲人論其「雲雨巫山」、「告密說」[7]，加以闡釋。

　　底下是兩則《紅樓夢》中，對晴雯與襲人的判詞：

　　評晴雯：

　　霽月難逢，彩雲易散。心比天高，身為下賤。

　　風流靈巧招人怨，壽夭多因誹謗生。多情公子空牽念。

　　評襲人：

　　枉自溫柔和順，空雲似桂如蘭。

　　堪羨優伶有福，誰知公子無緣。

(3)小組討論

　　依照課堂分析，晴雯與襲人同是賈府中與賈寶玉最為親近的丫鬟，在賈寶玉心中分別代表著兩種典型。依照上述判詞，更代表著兩人的性格與命運。你認為兩則判詞所述是否合理？請挑一則分析。

　　①選擇某一則判詞。

　　②這則判詞合不合理？原因是？（分析型問題／AY）

　　③如果兩個角色，你只能擇一，變成其中一人，你的選擇是？（感
　　　受型問題／AF）

---

[7] 有關襲人與晴雯的人物性格，歐麗娟有詳盡且「重新省思」的評論，本文的兩難情境即乞靈於此。可參歐麗娟：《紅樓夢人物立體論》（修訂版）（臺北：五南出版社，2017年），頁309-374。但本文教案的設計毋寧更側重於襲人於大觀園的處境脈絡，可對照。

2. 第2堂

⑴小組分享

有了上述的深度討論，我們讓各組指派一位學生將答案抄寫在黑板上，重點將討論一個問題：「這則判詞合不合理？原因是？」（分析型問題／AY）

⑵教師總評

最後，教師再根據討論狀況，提供建議給每一組的「提問」，觀察是否有缺漏、謬誤之處？並加以反思與總結。

㈣ 第四週（2堂課）

課程來到最後一週的兩堂課，我們在前幾週已經將《紅樓夢》做了整體的面面觀，又聚焦在襲人與晴雯身上，接著課程的設計乃在於「兩難情境」。我們要深入思辨的是襲人在大觀園的處境及其難題。

1. 第1堂

在此堂最重要的就是引導學生體會「兩難情境」。我們設計了⑴圖像〈飢餓的蘇丹〉⑵小說《餘震》／電影《唐山大地震》⑶Michael Sandel：《正義：一場思辨之旅》。

⑴〈飢餓的蘇丹〉

這幅畫為〈飢餓的蘇丹〉（The vulture and the little girl），拍攝者為南非自由攝影記者凱文·卡特（Kevin Carter）到了北非蘇丹所拍攝。（如圖一）拍攝不久後，照片版權被售至《紐約時報》，成為報導蘇丹戰亂飢荒的新聞圖像。拍攝者凱文·卡特藉由拍攝的圖像，於1994年獲選普立茲新聞攝影獎。孰料卡特在得獎兩個月後，受到龐大的輿論壓力與無情謾罵，自殺身亡。

畫面中，盤旋於湛藍的天空，從天緩緩而降的禿鷹蹲踞在小女孩的正後方，四周只有低矮的灌木叢與荒蕪的沙地，蒼勁的綠樹、倒塌的枯

圖一　〈飢餓的蘇丹〉（The Starving of Sudan,1994 年普立茲新聞攝影獎）
資料來源：https://zh.wikipedia.org/wiki/%E9%A3%A2%E9%A4%93%E7%
　　　　9A%84%E8%98%87%E4%B8%B9

木、棕黃的砂礫。這位瘦骨嶙峋的小女孩匍匐在地，虛弱無力，身上的
水分與養分似乎都已被豔陽蒸發殆盡。她孤立無援的要前往遠方的救濟
站，而後方的禿鷹，尖嘴鳥喙，羽翼豐厚，目光炯炯有神，伺機而動。
身形稜線分明的禿鷹相對於骨瘦如材的小女孩，在畫面上形成極大的反
差與對比。老鷹虎視眈眈的熱切心情，小女孩只求生命延續的無奈心
情，又是一種諷刺。而最令人疑惑的是：拍下這張照片的攝影者，當時
的心境與想法到底是什麼呢？
　　這是一個兩難情境，此處引導學生思考：
①在這張照片中，我們看到了複雜而殘忍的「食物鏈」關係，請
　你根據圖像的提示，寫出一個關鍵詞，並分析為什麼是這個關
　鍵詞？（100 字左右）
②死去的記者凱文，他的女兒在受訪時曾說：「我覺得其實爸爸
　才是那個無力爬行的孩子，而整個世界則是那隻禿鷹。」你對
　這句話的看法如何呢？（100 字左右）
③若你是攝影記者，遇到這樣的情境，你會恪守職業倫理，先拍
　照；還是惻隱之心，先救人？如果你是記者凱文，你會怎麼處

　　理當下的這個情況？（100字左右）

⑵小說《餘震》/電影《唐山大地震》

　　由張翎的小說《餘震》所改編的電影《唐山大地震》，內容敘述一戶平凡家庭在地震來臨時，爸爸首先罹難，媽媽僥倖逃出，卻得面對自己的一對雙胞胎兒女被壓在水泥牆的左右兩邊。搶救時間有限、人力支援不夠、水泥磚牆太重，種種情境，讓母親只能選擇救一個出來？那到底是選擇救姊姊，還是救弟弟呢？

　　（播放影片開場，約3分鐘）

　　電影情境提示了我們，如果你沒有多方設想每個人的立場，很可能就只讀到表面的意義，流於普遍的認知與想法（比方說，媽媽就是重男輕女之類的世俗看法）。不是的，當你深入情境，站在每個人的角度著想，你就會發現更多的解讀空間。媽媽的「兩難情境」，讓電影的張力與衝突來到了頂點，也更凸顯出了母愛的偉大與不凡[8]。

⑶Michael Sandel：《正義：一場思辨之旅》

　　Michael Sandel：《正義：一場思辨之旅》此書中，提出了一個哲學命題：「電車難題的倫理抉擇」。可以拿來討論「兩難情境」的道德抉擇。

　　你會為了救五個人而讓一個人犧牲嗎？[9]

　　Michael Sandel教授：這是一門探討正義的課，讓我們先說一個故事。假設你是一個火車駕駛員，而你駕駛的這輛車正快速在軌道上行駛，時速六十英里，而在軌道盡頭有五個工人在工作，你試著想要煞車但卻做不到，你的煞車失效了。你感到十分緊張，因為你知道，如果你

8　許榮哲對於「救弟弟」的詮釋回到了「兩難情境」的論述，非常精湛，可參考許榮哲：《小說課II：偷故事的人》（臺北：國語日報，2015年），頁77-84。

9　底下引述的電車難題，可參考：https://www.managertoday.com.tw/articles/view/51675 也可參閱邁可・桑德爾（Michael Sandel）：《正義：一場思辨之旅》，譯者：樂為良（臺北：雅言文化，2011年），頁28-31。

撞上這五個工人，他們必死無疑。假設這是一個確定的結果，因此你感到非常無助，但接著你發現右邊有條岔路，而那條岔路底只有一個工人在工作，你的方向還可以控制，車輛還可以轉向，可以轉向岔路，撞死一名工人，但閃過五名工人。

在這裡，我們可以請各位同學思考：如果是你，你的列車會轉彎嗎？

死一個人，跟死五個人，大多數同學會選擇「只死一個人」，因為僅看表面就是僅有數量上的差異，死一個總比死五個好。但問題是：這被輾壓過去的人，他有想死嗎？而另五個人有想活嗎？進一步說，如果這五個人中有一個是死刑犯，那我們還要救他嗎？

多方情境，各種狀況，相異角度，就會有著加乘加倍的選項與後果，難以定奪，無法立即決定。我們設計「電車難題」，就是希望引導出學生更多的思考，激盪出跨領域、跨學科的思維對話。

⑷小組討論

有了上述的「兩難情境」再加上前三週對《紅樓夢》中的全面理解，請以上課教導的深度討論，試著提問並建立自己的觀點與分析。底下為教師示範。

①《紅樓夢》中，襲人與晴雯同為賈母分給賈寶玉的貼身丫環，兩人地位齊等，也分別受到寶玉的寵愛，各自為寶釵、黛玉的縮影。但晴雯天生得一副好面容，擁有「水蛇腰」、「削肩膀」，是個標準的古典美人。她不僅美，用王夫人的話說：「有春睡捧心之遺風，是個病西施。」但正是這樣的水靈動人惹惱了王夫人，她平生最痛恨這類「勾引寶玉的妖精」，藉著抄檢大觀園的理由，將一干面容姣好，與寶玉親近的丫鬟全掃地出門，其中包含上等姿色的晴雯。根據上課討論，你認為襲人之所以能在大觀園全身而退的原因有哪些呢？（歸納型問題／GE）

②《紅樓夢》中，描述襲人的判詞為：「枉自溫柔和順，空雲似桂

如蘭。堪羨優伶有福，誰知公子無緣。」我們可以發現，襲人根本是零缺點、無瑕疵，甚至是如空谷幽蘭的恬靜女子，以致有「公子無緣」的感嘆。但歷代讀者卻對襲人之告密說、虛偽面具、報告讒言、僭越地位、動機目的等深沉陰謀論者來形容之。讀者如此「閱讀襲人」，但曹雪芹的判詞卻認為襲人「溫柔和順」，這兩者明顯存在矛盾與落差。請你思考，曹雪芹從怎樣的視角來評論襲人呢？（分析型問題╱AY）

③《紅樓夢》中，形形色色的百態人物，各有聲口語氣，人物性格躍然紙上，其中襲人與晴雯是截然不同的對立性格。以襲人來說，善於察言觀色、人情世故；以晴雯來說，耿介直率、情義纏綿。如果你能選擇一種身分╱特質，成為「她」，你會選擇襲人還是晴雯呢？（感受型問題╱AF）

2. 第2堂

(1)小組分享

有了上述的深度討論，我們讓各組指派一位學生將答案抄寫在黑板上，重點將討論一個問題：「襲人在大觀園的處境與情境」（歸納型問題、分析型問題）。襲人歷來頗受爭議，透過這樣的交叉討論與反覆論辯，其真實面貌是否將更立體或更顯現出「人」的真實況味？這樣的思辨，耐人尋味。

(2)教師總評

最後，教師將針對這一個月以來的主題：「兩難情境──以《紅樓夢》中的襲人為例」做完整的補充與總結。我們認為，透過深度討論的引導，可以讓我們重新思考作為經典的《紅樓夢》所蘊涵的思辨能量與議題，引導學生活化思考能力並訓練深刻的邏輯思辨。

四、學習單

附件一

學習單設計說明：

勾選	問題類型	定義	提問	姓名
☐	測試型問題 TQ Test Question	有固定或單一答案的問題。	【教師示範】 《紅樓夢》中，形形色色的百態人物，各有聲口語氣，人物性格躍然紙上，其中襲人與晴雯是截然不同的對立性格。以襲人來說，善於察言觀色、人情世故；以晴雯來說，耿介直率、情義纏綿。如果你能選擇一種身分／特質，成為「她」，你會選擇襲人還是晴雯呢？ （感受型問題／AF）	
☐	追問型問題 UP Uptake Question	承續他人意見，接著問下去，帶出更多對話的問題。		
☐	感受型問題 AF Affective Question	閱讀文章後，連結個人生活經驗，而提出問題。		
☐	推測型問題 SQ Speculate Question	閱讀文章後，思考各種可能性而提出問題。		
☐	歸納型問題 GE Generalize Question	與檢索、擷取文章內容有關的問題。		
☐	分析型問題 AY Analysis Question	帶有個人觀點，同時涉及組織推論文本相關資訊的問題。		
☐	連結型問題 CQ Connection Question	將文本與既有知識、其他文本或上次討論進行連結，而提出問題。		

勾選	問題類型	定義	提問	姓名
說明	測試型問題 TQ、追問型問題 UP、分析型問題 AY、歸納型問題 GE、推測型問題 SQ、感受型問題 AF、連結型問題 CQ			
註	1. 問題可以不只一個。 2. 請勿提有固定答案或單一答案的問題。 3. 提問需先簡述文章中與提問相關的內容，再提出問題。			

　　有了以上的「個人提問」能力，我們將進行組與組之間的彼此討論。

附件二

學習單設計說明

　　「深度討論教學法」重點乃在於，學生對「文本」提出意見，能陳述表達自我的觀點與見解。亦即「提出問題」→「觀點建立」→「回應評述」。此處除了提問之外，還要加入評述與討論。

小組成員任務分工	組長		記錄		報告	
	問題摘要						問題類型
深度討論提出問題	【教師示範】 《紅樓夢》中，襲人與晴雯同為賈母分給賈寶玉的貼身丫環，兩人地位齊等，也分別受到寶玉的寵愛，各自為寶釵、黛玉的縮影。但晴雯天生得一副好面容，擁有「水蛇腰」、「削肩膀」，是個標準的古典美人。她不僅美，用王夫人的話說：「有春睡捧心之遺風，是個病西施。」但正是這樣的水靈動人惹惱了王夫人，她平生最痛恨這類「勾引寶玉的妖精」，藉著抄檢大觀園的理由，將一干面容姣好，與寶玉親近的丫鬟全掃地出門，其中包含上等姿色的晴雯。根據上課討論，你認為襲人之所以能在大觀園全身而退的原因有哪些呢？請加以歸納整理。						歸納型問題 / GE

深度討論回應問題	【教師示範】 1. 擅長察言觀色。 2. 運用賈寶玉對她的信任。 3. 王夫人信任的傳話者。 4. 安處本分，不卑不亢。	
深度討論提出問題	【學生實作】	
深度討論回應問題	【學生實作】	

五、教學效益評估

　　透過本次的專題討論，我們鎖定「兩難情境」，先從圖像〈飢餓的蘇丹〉、哲學「電車命題」開始談起，接續討論《紅樓夢》中的的幾個重要情節：人物性格、神話結構、空間場景、設色光譜、抄檢大觀園。將《紅樓夢》深度面面觀之後，我們開始討論書中兩位丫環——晴雯與襲人。透過兩位截然不同的性格，反思歷來被批評雙面性格的襲人，是否真如歷代評論家或讀者所主觀認定的陰謀論者？經由層層情境化的討論與辯證，我們已然完成底下目標：

⑴閱讀文學文本，要能還原到當時情境與人物所處的時代背景，來細加觀察剖析，方始能客觀地審視事物背後的意識形態與價值抉擇。

⑵帶領學生思考每個人在不同情境下所做出的選擇，必然涉及情感、倫理、道德、是非、正義、環境、知識、背景、時空等等情境脈絡。襲人毋寧是在大觀園中，順從著殘酷的生存法則，在「兩難情境」，選擇了一條適合自己的路。

⑶「選擇」乃無關對或錯的價值判斷，從襲人的例子來看，正給了我們每一個正在抉擇的人，提供了觀看事物的角度。大學生已有獨立思考與判斷的知識體系與專業訓練，但如何設身處地關照每個人的處境，

　　這是一輩子都值得學習的課題。在這樣的課堂思辨與討論過程中，我們領略了文學情境、生活情境的兩難，當然更重要的是學到了——同理心的培養[10]。

---

[10] 本教案的設計與實際操作流程，要特別感謝參與其中的師大（108下）大一閱讀與思辨課的選課學生，許多精彩紛呈的討論，都予人無限靈思與啟發，特此銘記。

包青天穿越到今天
以包公案〈阿彌陀佛講和〉、〈死酒實死色〉為例

許惠琪

許惠琪，國立臺灣師範大學共同教育國文組兼任助理教授。臺灣大學中文所博士，臺灣大學中文所、東吳大學法律研究所雙碩士。研究領域為：中國思想史、傳統法政思想、通識國文創意教學。學術論文發表於《臺大文史哲學報》、《淡江中文學報》等人文領域核心期刊。法律評議文章散見於《聯合報》、《中國時報》、《自由時報》等。曾獲「臺大學生文學獎」、「全國學生文學獎」、「臺灣大學中文系薛明敏先生學術論著暨文學創作獎」。受聘為全國律師公會所屬之全國律師雜誌專欄作家、蔚理法律事務所編輯顧問。

一、教學目標

　　本課程名稱為「共同國文」，「文」除了指抒發情性、吟詠詞章的「純文學」之外，還包含一切傳統文化，例如法政思想、社會理念、生涯規劃、人生哲學，換言之，乃內聖外王之道。因此，中學國文選錄《史記・張釋之執法》、《韓非子・定法》。高中「文化基本教材」更是簡介先秦諸子之政治理念。而傳統法政思想亦當屬大學國文教學重點之一。

　　傳統法律、政治思想比西方「自利性」、「工具性」的倫理觀，更具理想價值。但問題在於我們如何證明它在當代社會存在的必要性？當學生可以到法院告老師給的分數不及格時，學校不准限制學生太多自由

的此刻（108 年 10 月大法官釋字 784 號繼 684 號之後，肯定各級學校學生均可提起訴訟），作爲一個國文教師，不論如何諄諄教誨，以傳統的道德觀提點學生當以修身爲要，而非僅爭取法律上權利，能達到多少成效呢？或者學生只覺得迂腐、不切用？

傳統法政文化教學成功的關鍵是：必須通過與當今全盤西化法治社會實際比對，才能凸顯其意義。因此本課程設計最大特色便是「跨領域教學」，配合教師在法律上的第二專長，分析中國思想史中的若干觀念，對傳統法律文化的影響，以「公案故事」爲文本，並針對今日爭議判決思考中西歧異，由此印證傳統法政思想、文化至今仍有存在價值。

具體的教學目標如下：
1. 使學生掌握傳統公案故事的特色。
2. 使學生透過影劇，理解西方刑事偵查之特色。
3. 使學生理解儒家文化、基督教文化之差異在法律形式上的體現，
4. 使學生由自身文化出發，重新反思司法議題，理解傳統法政文化的當代價值。

二、討論課程流程

閱讀文本	《新鐫純像善本龍圖公案‧阿彌陀佛講和》[1] 《新鐫純像善本龍圖公案‧死酒實死色》[2]
進行時間	2 週 4 堂課，共 200 分鐘
教學方法	深度討論教學法
	講述法
	合作學習模式

---

[1] 《新鐫純像善本龍圖公案‧阿彌陀佛講和》，《明清善本小說叢刊初編》（臺北：懷明文化事業有限公司，1985 年），頁 14-16。
[2] 《新鐫純像善本龍圖公案‧死酒實死色》，《明清善本小說叢刊初編》，頁 20-21。

課程規劃			
週次	討論主題	上課流程	時間分配
第1週第1堂	當代西化法律文化	議題提出	跨領域教學 1. 由學生發表對國文課的期待 2. 國文如何與當代生活連結：酒駕案件背後的文化思考	20分
		小組討論	具「法院公證效力」的躲酒測新招：當代爭議案件討論	20分
		教師總結	「恐龍判決」真的恐龍嗎？	10分
第1週第2堂		教師講述	當代爭議案件背後反映的西方法律文化	20分
		小組再次討論	學生重新思考對當代爭議案件之看法	20分
		教師總評	西方法律背後的基督教文化	10分
第2週第1堂	公案小說與傳統法律文化	教師講述	今日「刑事訴訟法」兩條文	15分
		小組討論一	公案小說與當代刑事判決之文化差異	20分
		小組討論二	公案小說與西式偵查影劇之差異	15分
第2週第2堂		教師講述	中西法律背後的思想史差異	20分
		小組分享	從「被告」與「被害人」兩種角度思考東西法律文化差異 如何看待中西哲學上的「人性論」	20分
		教師總評	針對各組討論之異同做總結。	10分

三、流程說解

㈠ 第一週「當代西化法律文化」討論進行流程

1. 議題提出：

　　關於傳統哲學思想於法律文化的體現，與當今司法文化之差異，此一具有高度思考性的議題（high-level thinking），正適宜使用深度討論教學法。因此在上課之初，教師可先拋出一些當代具爭議性的判決，引領學生批判、分析。

　　當代學生公民意識較上一代濃厚，對政治、社會、法律問題也展現高度興趣，期待國文課除了個人情意的抒發之外，更能擴及公共議題的關照。因此教師可擇取較具生活化的法律作為引導，例如酒駕案件。首先說明 108 年 5 月 31 日《刑法》第 185 之 3 條新修正，[3] 加重酒駕處罰，再犯而致人於死者，最重可處無期徒刑，可謂呼應民意，大快人心。[4] 之後播放過去新聞事件中，酒駕輕判被指為「恐龍判決」的爭議事件，[5] 讓學生討論法院判決是否妥適？背後反映的文化觀念為何？

2. 小組討論：

　　深度討論教學法重視「提出問題」更甚於「給予答案」。在問題類

---

[3] 《刑法》第 185 之 3 條：「（第一項）駕駛動力交通工具而有下列情形之一者，處二年以下有期徒刑，得併科二十萬元以下罰金：一、吐氣所含酒精濃度達每公升零點二五毫克或血液中酒精濃度達百分之零點零五以上。二、有前款以外之其他情事足認服用酒類或其他相類之物，致不能安全駕駛。三、服用毒品、麻醉藥品或其他相類之物，致不能安全駕駛。（第二項）因而致人於死者，處三年以上十年以下有期徒刑；致重傷者，處一年以上七年以下有期徒刑。（第三項）曾犯本條或陸海空軍刑法第五十四條之罪，經有罪判決確定或經緩起訴處分確定，於五年內再犯第一項之罪因而致人於死者，處無期徒刑或五年以上有期徒刑；致重傷者，處三年以上十年以下有期徒刑。」

[4] 酒駕新制，再犯害命可判無期，《自由時報》電子報 2010/2/12 https://news.ltn.com.tw/news/society/paper/1351398

[5] 新竹地方法院 106 年交易字第 64 號刑事判決。詳見司法院裁判書查詢系統 https://law.judicial.gov.tw/FJUD/default.aspx

型上，有連結型、追問型、分析型、歸納型、推測型及感受型等模式。「分析型」問題在於根據既有線索，帶有個人觀點地剖析、組織相關資訊。教師可先以「分析型」問題試問學生，法院對於人人深惡痛恨的酒駕案件，輕判的原因何在？例如被告開車蛇行，疑似酒駕，員警上前欲實施酒測，被告停在路邊裝睡，員警敲窗不理，最後法院撤銷罰單。或者員警欲實施酒測，被告一逕開車衝回家中，員警追擊至公寓大廈停車場實施酒測，被告果然酒精濃度過高，但法院認為不構成刑法第 185 之 3 條之「不能安全駕駛罪」，判決無罪。學生針對這些案件分組討論，分析法院輕判原因何在？

　　多數學生的分析是：

⑴ 法官收賄，所以輕判。

⑵ 法官不食人間煙火，缺乏社會經驗。

⑶ 即便少數學生從高中公民課所學的「正當法律程序」，指出員警取締程序違法，因此所得證據不得於採用。在深度討論教學法中有所謂「追問型」問題，也就是承續他人意見接著問下去，帶出更多對話。但教師可進一步拋出「追問型」問題，追問為何取證需顧及「正當法律程序」？學生的回答是：這簡直保障壞人，置被害家屬於不顧。

3. 教師提示與說解

　　深度討論教學法中，教師仍然扮演輔助者的角色。因此可在分組討論前搭建「學習鷹架」（Instructional Scaffolding），使學生擁有先備知識，再進行討論。

　　拜高中公民教育成功之賜，現代非法律系學生亦具基本法律素養，只須教師稍微再做引導，學生便可分析、思考當代酒駕爭議判決原因所在。教師可將法條[6]用較生活化的例子做說解：若車輛已駛離公共道

---

6 《警察職權行使法》第 8 條第 1 項第 3 款：「警察對於已發生危害或依客觀合理判斷易生危害之交通工具，得予以攔停並採行下列措施：……三、要求駕駛人接受酒精濃度測試之檢定。」

路，進入自家停車場，或者未駛離而停在路邊，警察敲窗裝睡，躲避酒測，因為已無危害公共交通之危險，而酒測的發動要件必須是「已發生危害」或「易生危害」之交通工具，員警已無發動酒測的正當性，不符合「正當法律程序」的要求，即便被告酒測值過高，因員警取證程序不合法，所得證據仍應排除。此即法律上所謂的「證據排除法則」。「正當法律程序」、「證據排除法則」背後反映的文化為何？是否僅是保障壞人？罔顧被害家屬的情感？

　　深度討論教學法有所謂的「推測型」問題，是指閱讀文章後，思考各種可能性，經常是以「如果……，會……」方式呈現，教師可讓學生思考，如果法官、執法人員可完全超乎法律規定之外採證，那麼是天理昭明？或沉冤難辨？學生會回答：視法官之道德與智慧而定。教師再進一步以「追問型」問題追問：那麼當代學習西方的「正當法律程序」、「證據排除法則」背後預設的法官是仁智兼備，料事如「神」？或者充滿人性無法避免的盲蔽？學生通常可領悟到法官是「人」不是「神」。並可理解西方基督教「原罪論」下，對人性的擔憂。

4. 學生再次討論

　　經過教師解說後，學生討論的方向轉而傾向「正當法律程序」、「證據排除法則」可避免冤案，不可逕指為「恐龍判決」。學生以手機查詢因違法取證造成的冤案，例如：張娟芬《十三姨KTV殺人事件》、司法作家臥斧《FIX》，都是依據鄭性澤案改編之小說，由臺中高分院2017年10月26日上午11點之無罪定讞宣判，可知當初違法取證的危險性。學生在討論時已能充分注意到：法官、執法人員在辦案時，不可避免的人性弱點、偏見。因此可以認同排除不當取證，以免誤導執法人員判斷的必要性，以及基督教「原罪論」對負面人性的提防。

5. 教師總結

　　總結學生討論後，可再提示學生：何以西方刑事偵查反覆強調執法

人員無可避免的人性弱點，這與基督教「原罪論」文化有何關聯？學生高中讀過的《孟子》性善論、《荀子》人性雖惡，但可通過師法教化而歸於善，這兩者與基督教人性論有何差異？

　　本堂課先讓學生自由批判所謂「恐龍判決」。學生一開始著眼「民情」的角度批判「國法」，而「民情」源自兩千多年的文化、哲學思想，期待法官具有「神的全知」能力；「國法」來自清末民初快速移植西方的法律。經過教師的發問、引導，喚起學生高中公民知識，並以深入淺出方式介紹當今法律，之後再次讓學生分組討論，就爭議判決分析理論的依據，尤其側重背後的文化省思。兩次分組討論，可明顯感覺到學生思考的角度、深度均有不同。

㈡ 第二週「公案小說與傳統法律文化」比較進行流程

1. 教師講述

　　經過第一週的討論後，學生大致能明瞭今日刑事訴訟之所以堅持「正當法律程序」、「證據排除法則」之理由，以及背後基督教文化，對人性盲蔽的預設，法官、執法人員既無神之全知能力，容易受非法取得證據之干擾而造成冤案。教師可進一步補充「正當法律程序」、「證據排除法則」於今日刑事訴訟法上的規定。由於本課程爲國文課，重在文化議題的思考，以基督教與儒家人性論爲比較核心，而非法律專題之論辯，爲免喧賓奪主，僅介紹兩個條文：今日《刑事訴訟法》第 156 條第 1 項規定：「被告之自白，非出於強暴、脅迫、利誘、詐欺、疲勞訊問、違法羈押或其他不正之方法，且與事實相符者，得爲證據。」《刑事訴訟法》第 156 條第 3 項規定：「被告陳述其自白係出於不正之方法者（例如：詐欺），應先於其他事證而爲調查。該自白如係經檢察官提出者，法院應命檢察官就自白之出於自由意志，指出證明之方法。」之後，開放各組討論。

　　深度討論教學法有所謂「歸納型」問題，由文中檢索、歸類相關資訊。

　　教師可請學生歸納本堂課所選擇的兩篇公案小說《龍圖公案・阿彌陀佛講和》、《龍圖公案・死酒實死色》與今日《刑事訴訟法》之差異；以及與西化刑事偵查影劇之不同。

2. 小組討論

　　小組討論之「歸納型」問題有二：

第一：公案小說與當代刑事判決之文化差異

　　各組大概可歸納出《龍圖公案・阿彌陀佛講和》、《龍圖公案・死酒實死色》與今日刑事訴訟法之差異有二：

⑴《龍圖公案・阿彌陀佛講和》

　　敘述男女青年私會相通，不料女方為僧人姦汙，羞憤而死，「原來包公早命二公差僱一娼婦，在橋下作鬼聲，嚇出此情。」包公派人裝神弄鬼，詐欺被告，嚇得被告供出實情，取得被告自白。其取證方式違反今日《刑事訴訟法》第 156 條第 1 項不得以詐欺方式取得被告自白。屬《刑事訴訟法》第 156 條第 3 項以不正方式取得之被告自白，原則上不得作為證據。

⑵《龍圖公案・死酒實死色》

　　敘述張英到外地任官，夫人莫氏與男子邱繼修私通，張英擔憂婢女愛蓮把這件醜事張揚出去，於是將愛蓮推入魚池中溺死，愛蓮鬼魂乃向包公託夢告狀。案件的偵破，倚賴鬼神協助，而今日刑事偵查當然不能倚賴超自然的力量。

⑶文化差異的反思

　　學生大概可指出，今日《刑事訴訟法》認為法官容易受違法取得證據的誤導，因此若採用檢警以詐欺方式取得的被告自白，極可能產生冤獄。畢竟法官非「神」，人性與神性無法相通，人性的偏盲是法官無法避免的。而這兩則公案卻認為包公「青天明鑑」，即便違法取證，非但不至冤枉好人，還能因此洞察實情，做出「妙判」。這背後的預設是包

青天是「神」，除了兩眼之外，還有第三隻眼睛，可以通鬼神。

第二：公案小說與西式偵查影劇之差異

　　為了增加趣味性，可讓學生課前閱讀莎翁法庭劇《量罪記》[7]，比較中西審判文化，對法官角色究竟為「人」或「神」的區別。紅極一時的《法醫女王》雖屬日劇，卻是仿效西方建立起的刑事偵查模式，教師可引導學生從中探討其科學採證方式，與傳統「公案」故事鬼神協助情節的區別。另外，日本偵探小說家東野圭吾「伽利略系列」，以物理方式解釋刑案中的鬼神現象，有別於公案劇相信超自然力量對破案的幫助。例如《偵探伽利略‧轉印》，敘述國中生藤本孝夫和山邊到池邊釣魚時，意外撿到一副與人臉輪廓相反的鋁製面具，兩人用石膏重新拓印成「死亡面具」，參加自然科學社的展覽。意外發現與柿本良子失蹤的哥哥柿本進一的臉孔幾乎完全相同，連黑痣的位置也準確無誤，柿本良子的大嫂看到面具後立刻暈倒。這個讓人毛骨悚然的面具，彷彿死者的怨魂仍徘徊人間。刑警草薙俊平不敢相信冤孽陰魂的說法，於是向物理學家湯川求助。湯川最後以雷電「衝擊波」的原理，解釋這宗離奇現象：死者屍體被棄置在葫蘆池中，當晚雷雨交加，池邊纏著電線的鋼筋將雷電引入池中，產生強烈的「衝擊波」，物體全被往下壓推，容易拓印模具的鋁片恰巧被推到死者面孔上，雷擊的強度讓鋁片容易緊緊壓住死者臉孔塑形，形成這副死亡面具。最後查出是妻子柿本昌代與好友笹岡寬久通姦，共同謀殺害親夫。

　　學生對西方刑事偵查影劇的「科學辦案」手法多半很感興趣，對本次所選擇的公案小說裡，鬼神介入而偵破案情之情節，產生迷信的負面觀感。

3. 教師講述：

　　通過與當代學習西方的刑事訴訟程序，以及西方或者西化的刑事偵

---

[7]　莎士比亞（Shakespeare）著，朱生豪譯：《量罪記》（臺北：世界書局，1996年）。

查影劇、小說之比較,學生可歸納出兩者的差異:

第一:西式刑事偵查偏向客觀物證,以醫學、物理方式查獲死因。本次
所選擇之公案小說,有鬼神協助辦案之情節。

第二:本次所選擇之公案小說反映出只要法官發揮良知,即便違法取證
也甚少出錯。冤案乃貪官造成,清官良知即是天理。

　　這兩個特色都可追溯到中國思想史上的「性善論」與基督教「原罪
論」的差異。學生對中國傳統性善論已有相當認識,教師可再作深化,
就中國思想史上「天賦良知」、「良知可上通鬼神」的觀念,作深入淺
出的介紹。可引用《中庸》:「唯天下至誠,為能盡其性;能盡其性,
則能盡人之性;能盡人之性,則能盡物之性;能盡物之性,則可以贊
天地之化育。」[8]「至誠之道,可以前知:國家將興,必有禎祥;國家將
亡,必有妖孽;見乎蓍龜,動乎四體。禍福將至,善必先知之,不善,
必先知之。故至誠如神。」[9]王陽明《傳習錄·下卷》說:「良知是造
化的精靈。這些精靈生天生地、成鬼成帝,皆從此出,真是與物無對。
人若復得他完完全全,無少虧欠,自不覺手舞足蹈。」[10]中國思想史上
的「性善」、「良知」代表宇宙間最高天理,可上通鬼神。所以說「至
誠如神」,良知「生天生地、成鬼成帝」。因此本次所選擇之公案小說
中的法官包青天,但憑天賦良知即可以差神遣鬼,違法取證,也不至出
錯。這可以解釋公案小說中,鬼神協助辦案的情節。

　　當代法律學習西方,背後的人性論預設是基督教「原罪論」,法
官以及執法人員無論如何修養身心,都無法達到上帝境界,難以滌清先
天的盲弊、偏見。因此必須以嚴格的取證法則、法定證據方法,限制法
官的心證,人間司法僅能依據客觀物證,發現「相對真理」,不可能期

8　漢·鄭玄注,唐·孔穎達等正義,《禮記注疏·中庸》,周何主編,《十三經注疏》第 12
　　冊(臺北:新文豐出版公司,2001 年),頁 2228。

9　同前注,頁 2229-2230。

10　明·王陽明述,明·徐愛錄、葉紹鈞點校,《傳習錄》(臺北:臺灣商務印書館,1974 年),
　　頁 227。

待「料事如神」的法官可超越客觀取證程序、客觀證據法則之外，達到「絕對真實」，實現「絕對正義」。

教師可提示學生：本次所選擇之公案小說即便誇大法官的能力，並且有不具科學性的鬼神情節，但這未必代表落後、迷信，它反映對人間司法的最高期待——良善的法官主持最高的正義，是比西方法學上的「相對正義」更高的「絕對正義」。這固然過度理想難以落實，但理想不在於其能否完全落實，而在其能針砭現實不斷提升。

4. 小組分享與教師總結

傳統公案小說「法官如神」、「鬼神冥證」的辦案模式，看似迷信無稽，遠不如西方從物理上、醫學上判斷案情。「人性至善」、「良知能成鬼成帝」的先驗性善論，從經驗上觀察，似乎也較「原罪論」不易施行。但是否代表中國傳統法律文化一無可取？

深度討論教學法有所謂「感受型」問題，也就是連結個人經驗所提之問題。學生由個人所觀覽過的法律電影、個人自身或周邊親友曾遭遇過的法律案件，提出問題並嘗試思考、回答。課堂上的學生，從 2019 年司法金馬影展《戴腳鐐的女孩》最後因證據不足，「凶手不明」的結局，提出問題爲：由「被告」或「被害人及其家屬」的角度，思考中西法律文化的優劣。學生普遍認爲西式刑事偵查所採用的「證據排除法則」有利於「被告」，但從無力的被害人及其家屬的立場，會期待法官「至誠如神」，可替自己查明真相，伸張正義。

教師可針對今日「西方中心論」下，對傳統法律文化的誤解做出澄清：傳統法律文化從「性善論」出發，追求「絕對真實」、「絕對正義」，理想性過高，固有落實不易的缺點，但理想的存在，不在於能否完全落實，而在它能對現實提供典範，驅策現實改進、提升。

深度討論教學法中，教師可事前先搭建「學習鷹架」，使學生擁有先備知識，再進行討論。並於討論整體結束後，做出總結概括（summarizing）。教師引導學生思考各類型的問題，學生並由「感受

型」問題出發，提出議題，嘗試回答。之後教師對討論內容做出總結，指出：由當今受爭議的判決，與公案小說所呈顯的傳統法律文化，兩者之比對，有助於觀古今之變，判中西之異，而後理解中國哲學中樂觀的「人性論」、「絕對正義」理想，所具有的時代意義。

四、學習單

學習單設計說明：

　　跨領域已成當代教育新潮流，本課程以「公案小說」為文本，通過與今日爭議「恐龍判決」的比對，呈顯東西方法律思想的差異，並引導學生認識傳統法律文化的當代價值，以求國文與當代生活連結。此一學習單即是結合深度討論之問題類型，藉由小組討論，達到對社會議題、思想文化的批判思考。

論題	閱讀《龍圖公案・阿彌陀佛講和》、《龍圖公案・死酒實死色》之後，每位小組成員可擔任提問者，可擔任答題者，由組內成員自行協調分配。		
問題類型	定義	提問	回答
分析型問題	帶有個人觀點，同時涉及組織推論文本相關資訊的問題。	提問者	答題者
歸納型問題	與檢索、擷取文章內容有關的問題	提問者	答題者
推測型問題	閱讀文章後，思考各種可能性而提出問題。	提問者	答題者

連結型問題	將文本與既有知識、其他文本或上次討論進行連結，而提出問題。	提問者		答題者	
感受型問題	閱讀文章後，連結個人生活經驗，而提出問題。	提問者		答題者	

五、教學效益評估

　　本課程藉由通俗的「公案」故事，讓學生從有趣的情節，理解傳統法律文化，分析背後的思想觀念，並導入當代司法爭議判決，能讓學生超越「西方中心論」的角度，批判當今司法議題，也是傳統學術介入社會的方法，更可使國文課發揮其實用價值，與社會連繫。而在提倡「跨領域」的同時，亦應注意學科「本領域」的持守、深化，避免反客為主。因此本課程著眼在法律「文化」而非「條文」，並追溯傳統法律文化背後的「人性論」，由《中庸》、王陽明《傳習錄》等對「人性上通天地鬼神」的說法，與基督教「原罪論」下的「性惡論」比對，呈顯東西法律文化的異同。並藉由影劇、小說，引導學生思考傳統法律文化的當代意義。

寫作

「影想‧視界」
從「敘事觀點」到「觀點」的
深度討論教學設計

陳冠蓉

輔仁大學中國文學研究所博士，現職國立臺灣師範大學共同教育國文組兼任助理教授，同時任教於輔仁大學中國文學系及全人教育課程中心。博士論文「女性在《儀禮》喪禮中角色之研究」，主要學術領域為傳統禮儀、通俗文學和通識教育，教學專長為生命禮俗、敘事寫作、文學影視改編與商業電影劇本等。近年持續研發跨域課程、創新國文教學，並具備電影編劇及影像文案企劃、腳本撰寫實務經驗。

一、教學目標

　　本課堂的深度討論教學設計是透過討論方式，引領學生運用口語溝通，習得更高層次的閱讀理解技巧，提升文本連結、反思批判和解決問題的能力。本單元以大一共同國文「應用寫作」單元為例，說明「深度討論」與「影像敘事」的教學實務技巧。藉由「品牌‧故事‧微電影」的課程設計，銜接前一學期「跨域探索與優質表達」單元，冀能達成以下目標：

㈠「影」：了解電影學「三幕劇」與「故事前提／高概念」原理。

㈡「想」：掌握「六頂思考帽」法則，提升優質思辨和表達能力。

㈢「視」：精熟「深度討論」，從「敘事觀點」中建立「觀點」。

㈣「界」：跨域探索，整合應用並且創新知識，加強未來競爭力。

二、討論課流程

閱讀文本	1. 廣告短片《大象復仇記》[1] 2. 動畫短片《法式炒咖啡》[2]		
進行時間	2 週 4 堂課，共 200 分鐘		
教學方法	深度討論、價值澄清、語文創思		
課程規劃			
週次	討論主題	上課流程		時間分配
第1週	「敘事觀點」的設定與運用	課堂活動	學習引導：本單元教學內容簡介	3 分
		課堂活動	教學活動 1：共同觀賞《大象復仇記》	2 分
			教學活動 2：「敘事觀點」的創意書寫	40-50 分[3]
		教師講授	好好說故事 ——「三幕劇」與「思考帽」的理論實踐	40 分
		課堂活動	教學活動：《大象復仇記》的再現與詮釋 預備活動：下週課程預告、分組及建立規範	15 分

---

[1] 《大象復仇記》：Rolo 巧克力商業行銷廣告，片長約 35 秒。直到最後才出現產品畫面，凸顯「記憶中的滋味」。連結網址：大象復仇記 https://www.youtube.com/watch?v=A26Wy-gj1Ms。網路查詢日期：2020 年 2 月 14 日。

[2] *French Roast*《法式炒咖啡》：動畫短片（約 8 分 18 秒），連結網址：https://www.youtube.com/watch?v=IqD-df_LF8Q。網路查詢日期：2020 年 2 月 14 日。

[3] 課堂討論和書寫活動易受學習個別化差異影響（含能力、認知、態度、出席情況……），難以有效掌控流程。規劃時，可安排在第一節後段至第二節前段，並善用下課時間（日間學制通常為 10 分鐘）。原則上，小組討論約 40 分（提問和回應各 20 分）、小組分享（上臺報告）20 分，視實際情況彈性調整。

第2週	「觀點」的建立與表述	課堂活動	學習引導：上週佳作觀摩	5分
		教師講授	說一個好故事 ──「高概念」與「故事前提」的策略應用	20分
		課堂活動	教學活動：《法式炒咖啡》導讀與觀賞	10分
		小組討論	深度討論：從「敘事觀點」到「建立觀點」	50-60分 [4]
		小組分享	上臺報告：對話與回饋	
		教師總評	故事的精讀與解剖	10分
		課堂活動	預備活動：下週課程預告	5分
		課後活動	單元寫作：「我的法式炒咖啡」	課後完成

三、流程說解

(一) 第1週：「敘事觀點」的設定與運用（2堂課）

1. 課堂活動：學習引導

　　在課程規劃上，以兩週（四堂）時間進行，先應用「三幕劇」和「思考帽」的理論，再結合「深度討論」和電影學的「故事前提」（logline），透過《大象復仇記》和《法式炒咖啡》的創意寫作，進行高層次思考。

---

[4]　同前注。

2. 課堂活動：

⑴ 共同觀賞《大象復仇記》

⑵「敘事觀點」的創意書寫

　　微電影廣告《大象復仇記》的特色是「時間短」、「無對白」、「無字幕」，課堂播映結束後，立即進行寫作。除了活動流程，對於影片內容不作任何提示，必須集中注意力，深入觀察和思考，才能寫出完整的故事情節。引導說明如下：

　　請就影片內容，以100-200字，寫出「情節完整」的故事，並「重訂標題」。

　　（將影像轉化為文字，設計「故事情節」，不涉及商品的品牌。）

3. 教師講授：好好說故事──「三幕劇」與「思考帽」的理論實踐（40分鐘）

⑴「理解」和「逆向」的教學設計

　　相對於不良的教育活動設計，[5] 重視「理解」[6]的「逆向設計」是一種有目的的任務分析。[7] 影像敘事的教學寫作活動，即採取此種模式。相較於其他知識資訊，故事的閱讀理解模式更近於心智活動的層面。文本

---

[5] 所謂「不良的教育活動設計」涉及兩種缺乏目的的情況：傳統課程的「孿生之惡」和「按內容」教學的方式。前者屬於活動導向設計錯誤，例如「動手不動腦」，在重要概念和學習成果上缺乏明顯焦點，尤其忽略了學習者的心智。教師只是訓練學生參與學習，使其認為學習是活動，而不了解學習是來自被要求思考活動的意義。後者屬於內容導向設計錯誤，學生在限定的時間內閱讀教科書，以涵括所有的事實類教材，宛如一場旋風之旅，缺乏引導知識增長的教學目標，或學習經驗的優先順序劃分。Grant Wiggins、Jay McTighe 著，賴麗珍譯：《重理解的課程設計》（臺北：心理出版社，2008 年），頁 5。

[6] 在教育學上，「知道」和「理解」的概念不同，具體區分「知識」和「理解」，並將「知識」列入更廣的「理解」之下。在諸多定義中，當以杜威（John Dewey）的說法最為清晰。同前注，頁 29-31。

[7] 同前注，頁 8。

中的字詞具有明確的意思，這些經過同意的細節資訊，都是故事的「事實」，但該故事的意義仍然可以任意討論和爭論，對故事的理解，就是以洞察力推論作者可能未表達出的涵義。[8]所有的故事都必須經過設計，故事架構的組成更需以理解為基礎，由日常語言特徵深入觀察，進而建立個人的特色和風格。

(2)「三幕劇」與「六頂思考帽」的基本概念

不同敘事角度賦予作品不同的精神和特色，並產生不同的藝術效果。傳統教學法多套用小說「敘事觀點」分析文本，但學生習慣以「第三人稱全知觀點」和「第一人稱觀點」寫作，內容大多平鋪直敘，或以偏概全。國文課程作為大一共同科目，限於授課時數、學生專業科系背景，難以深入。「敘事觀點」即「視角」，或逕稱為「觀點」，[9]與深度討論著重思辨的「觀點」界義不同，極易混淆。[10]故筆者採取「三幕劇」和「六頂思考帽」理論（見下文），針對文本主題和結構，加強對「敘事」與「觀點」的認知。

電影劇情結構一般遵守「三幕劇」的規範，以第一、二、三幕作為前段（布局）、中段（抗衡）和後段（結局），時間長度 1：2：1；在前一幕進入下一幕時，設計重大事件（轉折點），一頁劇本大約一分鐘（平均估計）。以一部兩小時的電影為例，三幕劇情的時間長度分別是30、60、30 分鐘，圖示如下：[11]

8　同前注，頁 32。

9　張堂錡編著：《現代小說概論》（臺北：五南，2005 年），頁 106。

10　「觀點」（viewpoint；standpoint）的基本定義是「觀察事物時所處的立場（或出發點）」，近義詞包括：主張、意見，看法，見解、觀念……，詳細釋義為「從一定的立場或角度出發，對事物或問題所持的看法。引自：漢語網，連結網址 http://www.chinesewords.org/dict/270041-140.html。網路查詢日期 2020.2.14。

11　（美）Syd Field 原著，曾西霸譯：《實用電影編劇技巧》（臺北：遠流，2008 年二版），頁223。

第一幕	第二幕	第三幕
佈局 （第 1-30 頁）	抗衡 （第 30-90 頁）	結局 （第 90-120 頁）
轉折點 I （第 25-27 頁）		轉折點 II （第 85-90 頁）

電影編劇的基本任務不只是提供故事，必須在「Good story」之後，設法完成「Well told」的活動，亦即編劇如何處理「結構」的問題。[12]劇本「結構」統合了人物、主題、對話、故事四大要素，具有決定性的作用，以確保能夠「精彩地說一個好故事」。落實應用在電影編劇上，「段落」與「場面」的技術性思考與排列組合，正是判定電影敘事功能優劣的基準。[13]此種理論同樣適用於在非影像的敘事性文本，且更能引起學生興趣，提高學習動機。

　　「六頂思考帽」具有「易於聚焦」的優勢和「自由取戴，隨時切換」的特色，要領是「一次只戴一頂帽子，一次只想一件事情」。[14]筆者進行步驟如下：在文本中選擇一個人物，以「六頂思考帽」進行「角

---

[12] 曾西霸：《電影劇本結構析論》（臺北：五南，2011 年），頁 31。

[13] 這一連串排列組合的技術，能否將前後文的關係控制得當，以求有效刻畫人物、表達主題，才是電影劇本的核心敘事功能。同前注，頁 17-19。

[14] 「六頂思考帽」是英國學者 Edward de Bono（愛德華・狄波諾）開發的思維訓練工具。狄波諾被譽為「思考大師」，SIX THINKING HATS 為其經典之作，堪稱目前使用最廣、最受歡迎的思維訓練模式。關鍵在於回歸思考的本質與方法，增進溝通過程和結果的建設性，建立全面、完善的問題思考模式，對於個人創意開發、團隊集思廣益，效益卓著。「六頂思考帽」分別是：白色思考帽（代表中立、客觀，思考過程中蒐集證據、數字、訊息等中立客觀的事實與數字）、紅色思考帽（代表直覺、情感，思考過程中的情感、感覺、印象、直覺等問題）、黃色思考帽（代表積極、正面，思考過程中的樂觀及建設性思考，研究利益所在、可取之處等問題）、黑色思考帽（代表邏輯、謹慎與負面，思考過程中反思事實與判斷是否與證據相符，考慮風險、困難和潛在問題等負面因素）、「綠色思考帽」（代表活躍、創意、巧思，思考過程中的探索、提案、建議、新觀念以及可行性的多樣化等問題）、藍色思考帽：藍色是冷靜的顏色，代表指揮、控制，代表思考過程的控制與組織，冷靜地管理思考程序及步驟、了解需求、總結與決策。詳見（英）Edward de Bono（愛德華・狄波諾）原著，劉慧玉譯：《6 頂思考帽：增進思考成效的 6 種魔法》（臺北：臉譜，2010 年）。

色扮演」，交代「事件」；再以「人物」和「事件」，發展「情節」；最後以「人物」、「事件」和「情節」，建構「故事」。藉由不同角色的立場（敘事觀點），推敲各種不同的可能性，再透過情節設計與結局安排，傳達創作理念（觀點）。

4. 課堂活動

(1) 教學活動：《大象復仇記》的再現與再詮釋

筆者根據影片內容，設計參考範例：

小男孩逛動物園時，發現大象媽媽帶著小象經過，故意拿巧克力逗弄小象，趁牠正要吃下瞬間收手，塞進嘴裡。得逞後，他興奮地大叫，還扮了個鬼臉。被耍的小象悵然若失……多年後，他上街觀賞馬戲團表演，開心地嚼著最愛的巧克力。這時有誰輕拍他的肩膀──冷不防，一記象鼻甩過來……那眼神，是牠！牠捲起鼻子歡呼，揚長而去。（ ──陳冠蓉〈小象復仇記〉）

綜觀學生寫作成果，字數大多超出限定範圍，將影像轉化為文字時，情節敘述冗贅，流暢度不足。字數符合規定者，情節敘述往往過於簡略、缺乏生動性，甚至只寫出片段的「事件」，未能進一步連結線索，依據前因後果排列組合，成為完整的「故事」。在「標題」的擬訂上，較難使用精確的字詞加工轉化，以達到「呈現主題」和「提示內容」的效果。

待全班完成寫作後，再度播映影片，並示範 QT 提問：

A.《大象復仇記》和《小象復仇記》，意義有何不同？（分析型問題）

B.從何得知，小男孩和大男孩、小象與大象的關聯性？（分析型問題）

C.畫面中的場景、色彩……對比，呈現何種視覺效果？（分析／歸納型問題）

D.影片中的配樂（包含聲音和音樂）具有什麼作用？（分析／歸納型問題）

E. 故事主題（所欲傳達的意念、思想或精神）是什麼？（分析／歸納型問題）

F. 請以「一句話」，[15] 完整概述這段影片的內容重點？（分析／歸納型問題）

G. 如何為「小男孩」和「小象」命名，名字有何意涵？（分析／歸納型問題）

H. 「標題」有何作用？如何將「概念」化為「文字」？（分析／歸納型問題）

I. 「小男孩／青年」和「小象／大象」的身分和關係還有哪些合理的可能性？故事情節又將會如何發展？（推測／分析型問題）

　　深度討論教學有助於加強學生對影片的印象、產生新的理解，透過觀摩作品，更可進一步掌握敘事要領，建立書寫策略。尤其是「小男孩／青年」、「小象／大象」的身分和關係，運用相同素材，發揮創意，不受視覺制約，將廣告商品「巧克力」想像成「隨身碟」，開展出「兒時玩伴」、「外星生物」、「特務／間諜」等合理情節，成功翻轉「復仇」的主題，突破故事框架。配合觀摩和修訂作品，提升思考層次，建立書寫策略。

(2)下週課程預告、分組及建立規範

　　「批判性思考」是指客觀中立的角度，以及獨立自主的精神。但也許是受到媒體談話／政論性節目及「名嘴」現象的影響，導致學生誤解「思辨」的意義，而將「批判」、「質疑」、「反駁」等混為一談。依據 Paul Graham [16]（保羅・格雷厄姆）的「反駁金字塔」理論，「反駁」

---

[15] 依據業界一般原則及文化部電影劇本徵件辦法，「一句話」指「一個句號以內」，通常不超過四個標點符號（實際上可能是一句話至三句話）。

[16] Paul Graham（保羅・格雷厄姆，1964-）為美國著名程式設計師、風險投資家及部落格、技術作家，最早的網路應用 Viaweb 創辦者之一，後為 Yahoo（雅虎）高價收購。著有 *On Lisp*（1993）、*ANSI Common Lisp*（1995）、*Hackers & Painters*（2004），並提出「反駁金字塔」理論。詳見 Paul Graham（保羅・格雷厄姆）個人區域網路站自我簡介，連結網址：paulgraham.com/bio.html。網路查詢日期 2020.2.14。

也有層次之分，圖示如下：[17]

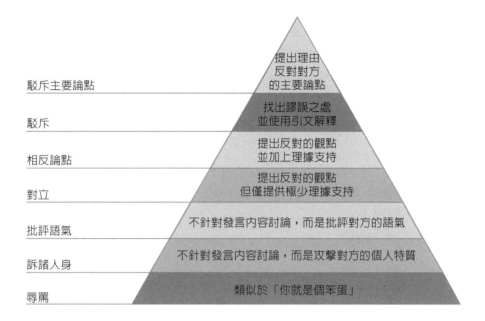

真正高明的反駁是「深入」且「精確」的──優質的思辨與表達是「把話聽清楚」和「把話說清楚」，必須具備閱讀、理解、感受、推測、分析、歸納和連結能力，並加以整合應用。下週課程內容為「觀點」的建立與表述，並於課堂實施深度討論。本週課程結束前，引導學生組成異質性團體，建立規範：原則上自由分組，每組約 5-6 人；深度討論回饋單可自主繳交（不硬性規定），僅列入平時「課程互動表現」的評量參考依據；在課堂、數位學習平臺、社群（包括社團、群組與競賽團隊）

---

[17] 「反駁金字塔」見於 Paul Graham（保羅‧格雷厄姆）*How to Disagree* 一文；Graham, Paul. *How to Disagree*. PaulGraham.com. March 2008 . 連結網址：www.paulgraham.com/disagree. html。本圖引用中文譯本，連結網址：3.bp.blogspot.com/-kpbF5OaqV3c/TyTH1YEbBEI/ AAAAAAAACQU/NKoOqIR_eGA/s1600/2000px-Graham%252527s_Hierarchy_of_ Disagreement%2Bb.png。維基百科：https://zh.wikipedia.org/wiki/ 保羅‧格雷厄姆，以上網路查詢日期皆為 2020.2.14。

發言時，應保持理性客觀態度，互相尊重。

㈡ 第2週：「觀點」的建立與表述（2堂課）

1. 課堂活動：學習引導 —— 上週佳作觀摩

就上週《大象復仇記》寫作學習單中，選出合乎邏輯或富有創意的作品，相互觀摩，並邀請學生分享靈感來源、構思技巧、設計概念等。釐清「敘事觀點」與「觀點」，探討從「敘事觀點」到「建立觀點」的運思過程，得出以下結論：

(1)「觀點」的重要性：

①何謂「觀點」？

②為何需要「觀點」？

③如何建立「觀點」？

　　a. 觀察→觀念→觀點

　　b. 主題→標題→識別度

(2)「敘事觀點」和「觀點」的有機組合

①相同的「事件」，可以選擇不同的「敘事觀點」。

②不同的「敘事觀點」，可以發展不同的「情節」。

③相同的「敘事觀點」，可以建立不同的「觀點」。

④不同的「觀點」，會呈現不同的「主題（層次）」。

此外，在口語或文字表述時，應盡量以「我認為……」、「我主張……」、「我的立場」、「我的觀點」、「我的看法（想法）」或「我想表達的是……」開頭，減少「我覺得」、「我想說」等口語化或方言式詞彙出現的頻率，皆有助於集中思考，觀點更明確，文句也更流暢。

2. 教師講授：說一個好故事──「故事前提／高概念」的策略應用

(1)「故事前提／高概念」的作用

　　前文提及，劇情「結構」在影像敘事中的重要性。如欲兼顧凸顯主題、製造懸念，既梗概又精準地敘述故事，並且明確交代主要人物、重大轉折和結局等要項，則有賴「故事前提」的構思。好萊塢最成功的原創電影編劇 Blake Snyder 指出：「它在講什麼」，直指一部電影的核心，是簡單卻也是最重要的問題。[18]

　　　所有的原創電影編劇都面對到同樣的難題：我們手上沒有、也不太可能會有任何已有粉絲基礎的故事、人物與設定的改編權；我們只有筆電和夢想。……先專心寫下一個句子，一個就行。因為如果你可以用一句有創意的話來表達你的電影在講甚麼，你就能引起我的興趣。[19]

電影劇本故事始於一個吸引人的「故事前提」（logline），[20] 必須能夠說明一部片「在講什麼」，包括四項必備要素：「它反諷嗎」（是否帶有反諷意味和效果）、「激發觀眾想像」（觸發想像畫面，讓人產生期待）、「目標觀眾和製作成本」（設定觀眾群和評估成本）、「必殺片名」（要能點出這部片在講什麼）。[21]

　　業界多將「故事前提」稱為「高概念」，筆者在課堂上的示例是：

---

[18] Blake Snyder 著，秦續蓉、馮勃翰譯：《先讓英雄救貓咪 I》（臺北：雲夢千里，2014 年），頁 16。

[19] 同前注，頁 18-19。

[20] 以好萊塢的專業術語來說，「故事前提」又稱為「一句話劇情概要」（one-line）。同前注，頁 19。

[21] Blake Snyder 主張，儘管「高概念已死」的觀念甚囂塵上，但以最清楚、最有創意的方式，將一個更好的「它在講什麼」呈現給觀眾，絕不會退流行。同前注，頁 21-26。

「有嚴重懼高症的陳小冠攀上 101 頂樓拯救遭到挾持的學生」，這一句話已涵蓋故事前提、人物、情節和結局，完整呈現從「命題」到「反命題」的英雄旅程；場景和事件元素可以置換、延伸，如將 101 改成其他摩天大樓、高塔或山峰；「挾持／被挾持者的身分和人數」，左右了故事的調性和情節的發展；最重要的「師生關係」，將決定故事的「主題」和「結局」，令人動容。陳小冠為何嚴重懼高？學生為何被挾持？究竟是何種原因迫使陳小冠踏上「英雄的旅程」？又該如何克服心魔、逆轉情勢？……所有元素都會衍生一連串事件（包括轉折點），牽一髮而動全身，在伏筆和布局中層層推進，完成故事架構——這是主角的使命，更是編劇的任務。世界上或許沒有百分之百的「原創」故事，許多電影具有類似的故事原型，存在雷同的影子，經由創意，打造出獨一無二的特色和風格，成為經典作品。「創意」並非憑空想像或捏造，微電影篇幅短小、主題深刻、結構縝密、情節完整、轉折分明、結局精彩，較易掌握要領，適合作為書寫媒材，進行故事的再詮釋。

(2)「思辨」與「提問」的認知

　　許多問題，未必存在「正確」或「固定」的答案；表面上沒有答案的問題，通常是一個好問題的開始。楊琮熙指出：「要問出一個好問題是需要刻意練習的。我們雖然在日常生活與工作中常提出問題，但因為問話的目的往往都是期望答案都必須正確與明確，這類的發問稱為『質問』，而非真正的『提問』。」[22]「提問」和「質問」的主要差異在於：

---

22 兩者區別在於，問話的目的，往往是期望答案都必須正確與明確，這類發問稱為「質問」，而非真正的「提問」。楊琮熙：〈你是在「質問」還是「提問」？好主管都知道的提問方法〉，《經理人》，2017.12.4，連結網址：https://www.managertoday.com.tw/columns/view/55298?fbclid=IwAR1wPop7Zw6I3cJs5wO9TqdC5OL7LSUhe-7LIkWIowoHgeYxQ9Vr5-1w6Js。網路查詢日期2020.2.14。

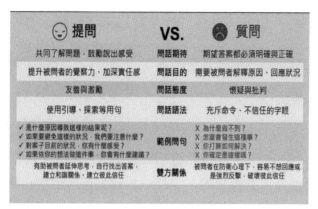

（製圖／楊琮熙）

　　討論過程中最常見的障礙（或困境）是：學生的提問以「求知型」、「感受型」和「推測型」占大多數（偶爾會有「測試型」），且內容單一、片面或空洞。創新智庫總經理劉恭甫認為：「真正解決問題的好點子，往往不是先找解答，而是先找問題，因為問題的架構往往比解答更為重要」，並提出「情境式」、「量化式」和「目的式」三種提問法：[23]

（圖表設計：劉恭甫）

---

23 劉恭甫：〈你會問問題嗎？想問出「對的問題」，先做這件事……〉，《經理人》，2016.1.15，連結網址：https://www.managertoday.com.tw/columns/view/51914。網路查詢日期2020.2.14。

這三種方法簡明扼要，可使深度討論具體化、生動化，有助於回歸文本、扣合主題，發展出更高層次的「感受型」、「推測型」問題，擴大論述空間。不預設任何立場或答案，進入文本脈絡、擷取重要訊息，再整合相關線索、提出問題，從中學習多元思考，建立觀點。

3. 課堂活動：《法式炒咖啡》French Roast 導讀與觀賞

　　本片獲第 82 屆奧斯卡最佳動畫短片提名及 2009 年阿根廷科爾多瓦國際動畫電影節最佳動畫片獎。全片以法語發音，敘事結構完整，情節生動，配樂畫龍點睛。為使學生集中注意力，播映前僅先提示觀賞重點：「誰」（人物）、「何時」（時間）、「何地」（場景）、「發生什麼」（事件）？待影片播映完畢，筆者再提供劇情大綱作為範例：

　　法國某處城鎮，瀰漫著恬淡寧靜的氣氛。路邊的小咖啡館內，衣著考究的紳士，正悠閒地讀報。沒想到，他一見流浪漢進入行乞，竟刻意用報紙擋住臉孔，甚至揮手驅趕；鄰座老婦人慷慨解囊，給了乞丐一張大面額的紙鈔。正當紳士準備付帳離開時，才驚覺自己身無分文；礙於面子，只好故作鎮定、不斷續點咖啡，指望有人相助。眼看咖啡杯愈疊愈高、帳單愈來愈長，卻依然無計可施，只好從老婦人的包包下手……沒想到，老婦人竟是通緝中的江洋大盜；肥健威風的警長，實際上卻不堪一擊。老婦人悠哉地從警長眼前脫逃，上了公車；紳士終究付不出錢，掩面哭泣。此時，流浪漢放了一張鈔票在小碟裡，侍者找了他兩枚硬幣。外表邋遢、心靈富有的流浪漢，默默離開。

──陳冠蓉：《法式炒咖啡》劇情綱要

4. 小組討論：從「敘事觀點」到「觀點」的深度討論

　　⑴教師引導：

　　　為了有效控管討論流程和品質，免於落入傳統教學「老師講／

問、學生聽／答」的窠臼，在正式進入討論前，先由教師提出「核心問題」——「這是誰的故事？」（針對角色、情節）」和「這個故事在說什麼？」（針對主題、觀點），藉此提示方向。包括六大步驟，循序漸進，環環相扣：

①主題：核心精神（思想、觀點……）。
②結構：段旨分析。
③摘要：擷取訊息。
④策略：論述層次（架構、方法……）。
⑤思辨：提問討論。
⑥解決：建立觀點。

(2)分組討論

　為使學生確實掌握「深度討論」問題的類型、定義與特徵，於第一學期期初即配合使用「提問練習表」，[24]以精熟個人的思辨與表達能力，並強化異質性團體的合作效能。每次至少提出一個問題、不限類型，聚焦於提問內容與文本的關聯性及可論述性；問題如不只一個，則應去蕪存菁，釐清彼此之間的主從、因果關係，並嘗試設計「題組」。在思考問題的同時，也應提出支持論據，建立觀點。

5. 小組分享：

　有關《法式炒咖啡》的課堂深度討論成果，按片中人物出場順序，舉例如下：

---

[24] 本表通用於各類文本，有關表格設計和說明，詳見下文「學習單」內容。

主體	方式	性質	問題內容	問題類型
教師	引導：策略提示	高概念故事前提	1.「這是誰的故事？」（角色、情節） 2.「故事在說什麼？」（主題、觀點）	核心問題
學生	討論：深度思辨	多元論述	1. 關於「侍者」： 　⑴侍者每天面對形形色色的人們，該如何保持良好的服務精神？ 　⑵面對光怪陸離的事件和突發狀況，該如何自我調適，設法解除危機？	求知型 求知型
			2. 關於「紳士」： 　⑴紳士為什麼不願意給流浪漢錢？ 　⑵紳士的處境反映何種社會現象？ 　　自尊心真的有那麼重要嗎？ 　⑶如果你是紳士，你會怎麼做？ 　　「刻板印象」如何影響我們的生活？	 推測型 求知型 求知型 推測型 推測型
			3. 關於「流浪漢」： 　⑴為什麼流浪漢收老婦人的錢時，是用平常在路上撿垃圾的工具？ 　　這樣的設計可能有哪些特殊涵義？ 　⑵流浪漢為何願意以德報怨？ 　　紳士一定比流浪漢更高貴（尚）嗎？ 　⑶流浪漢如何得知紳士需要幫忙呢？ 　　流浪漢為何一直收集帳單？ 　　他真正想跟紳士要的是什麼？	 推測型 推測型 推測型 求知型 推測型 推測型 推測型

			4. 關於「老婦人／大盜」：	
			(1)為什麼老婦人上廁所會那麼久？	推測型
			而且還能很從容地離開現場？	推測型
			(2)老婦人的包包是故意留下來	追問型
			的，還是不小心遺落的呢？	
			如果是故意的，影片中有哪些線	分析型
			索？	
			(3)由哪些細節可推測出老婦人是	分析型
			搶匪？	
			(4)老婦人真的是大盜嗎？	追問型
			如果是，她為何要給流浪漢錢	推測型
			呢？	
			5. 關於「警長」：	
			(1)警長在執勤時間為什麼可以喝	推測型
			酒？	
			(2)警長是否有故意縱放大盜的嫌	推測型
			疑？	
			如果是，可能出於哪些動機？	分析型
			(3)警長的行為，表現出何種人格	歸納型
			特質與工作態度？	
			6. 其他：	
			(1)導演運用何種手法象徵時間變	分析型
			化？	
			(2)從反射效果來看，紳士身後那片	分析型
			窗戶究竟是鏡子，還是玻璃？	
			(3)你對各個角色的第一印象為何？	求知型
			結局是否改變了你原本的印象？	求知型
			其中的轉變和影響因素為何？	連結型
			(4)這世界真的「非黑即白」嗎？	求知型
			(5)法國咖啡廳為何讓客人坐那麼	分析型
			久？	
			與其社會、文化……有何關係？	歸納型

6. 教師總評：故事的精讀與解剖

「眼見不足為憑」（人們易受表象蒙蔽）是本片的主題，以寓言的手法，設計細微的觸發事件，暴露人們的真實面：優雅的中年紳士竟然身無分文，偽裝成老婦人的大盜經由流浪漢解除紳士的危機，肥健的警長實則顢頇軟弱，而慷慨分享的流浪漢才是最富足的……「真實」的本質，究竟是什麼？典型的法式幽默，透過不同的敘事觀點，產生不同的理解觀點，是最大的張力和魅力，與「意料之外，情理之中」的極短篇小說有異曲同工之妙。

Robert McKee 指出，故事內容不只是「必須說什麼」，也包括「如何述說」，[25]而以「自覺」為寫作關鍵：

　　然而，人們往往過分高估經驗。我們當然需要直面生活、活得深刻且貼近生活的作者：這一點非常重要，但只有這樣絕對不夠。對大多數寫作者來說，從閱讀與探究中獲得的知識與經驗同樣重要，甚至比經驗更重要，尤其是尚未經過檢驗的經驗。自覺也是重要的關鍵；所謂自覺，就是生活加上我們對生活中種種回應的思索。[26]

說故事的歷程，有如電影編劇：前、中、後段分別是「閱讀理解」、「討論」和「寫作」；各幕之間的轉折點就是「思辨」。除了豐富的情感和想像，更需要高層次的思考能力，配合過濾素材和解剖事件的技巧，切換思考和表達模式，將影像轉化為文字並加工剪裁，才能從抽象、模糊的創作意識中，淬鍊出精準的核心問題，進而開展論述，建立觀點。

---

[25] Robert McKee 著，黃政淵、戴洛棻、蕭少嵫譯：《故事的解剖》（臺北：漫遊者文化，2014年），頁 13。

[26] 同前注，頁 21。

7. 課堂活動：預備活動── 下週課程預告（略）
8. 課後活動：單元寫作──「我的法式炒咖啡」（利用課後時
　間完成）

　　觀賞影片內容後，勢必引發某些感受和想法，那麼，該如何下筆、
掌握要素，才能成功地誕生一個好故事呢？本課程的影像敘事教學和創
意寫作採取「逆向設計」：所有故事都必須經過設計，故事架構的組成
以理解爲基礎，由日常生活深入觀察，進而建立個人特色和風格。學生
利用課後時間重新觀賞影片，並整合應用兩週課程內容，完成學習單。

　　⑴閱讀─理解
　　　①故事的題材（類型）
　　　②故事的結構（段落）
　　　③故事的場景（時空）
　　　④故事的角色（人物）
　　　⑤故事的情節（轉折）
　　　⑥故事的視角（敘事觀點）

　　⑵討論─寫作
　　　①故事的主題（思想、精神意涵）
　　　②故事的脈絡（主線、副／支線）
　　　從「敘事觀點」到「建立觀點」的創意寫作設計，說明如下：
　　　①題目：
　　　　「我的法式炒咖啡」，亦可自訂標題。
　　　②引導：
　　　　請就課程所學，以動畫短片《法式炒咖啡》任一角色爲中心，
　　　　透過「第一人稱敘事觀點」寫出完整故事情節（全文以100-300
　　　　字爲原則），並提出「觀點」（簡要說明即可）。
　　　　A.角色：侍者、紳士、流浪漢、老婦人／大盜、警長，以上擇
　　　　　一。

B.情節：以「我……」開展，必須呈現事件的因果關係，以100-300 字為原則。

C.觀點：所欲傳達的意念、思想、精神、主張、訴求……

D.示例：以「紳士」的視角說故事。

「我一如往常地坐在靠窗的位置，點了杯咖啡、翻閱報紙，享受悠閒晨光。……」

四、學習單[27]

附件一

學習單設計說明：

「深度討論」問題類型中，推測型、分析型和歸納型屬於高層次思考問題（High-Level Thinking Question），感受型與連結型則屬於支持性討論（Support Question）。「求知型」具有多樣性，屬於開放性問題；除了「測試型」，所有問題都是「求知型」問題。[28]「測試型」雖屬於封閉性問題、無法引發更多討論，但仍可作為提問基礎，有助於檢核學習歷程。因此，本表僅略去「求知型」問題，引導學生透過支持性討論，進行高層次思考。

---

[27] 《大象復仇記》和《法式炒咖啡》皆有學習單，相關寫作設計已於前文說明，故不另提供表格，以免重複。

[28] 求知型問題（Authentic Question，AQ）具多樣性、屬於開放性問題，提問者對於他人的回答感興趣。此種問題類型主要的問題是：理性不足、偏重心證，容易脫離文本，各自表述。

深度討論提問練習表

姓　名：	系　級：	
問題類型／代碼	定義／特徵	提問練習
測試型問題／TQ（Test Question）	有固定或單一答案的問題。	
追問型問題／UP（Uptake Question）	承續他人意見，接著問下去，帶出更多對話的問題。	
感受型問題／AF（Affective Question）	閱讀文本後，連結個人生活經驗，提出問題。	
推測型問題／SQ（Speculate Question）	閱讀文本後，思考各種可能性，提出問題。[29]	
歸納型問題／GE（Generalize Question）	與檢索、擷取文章內容資訊有關的問題。	
分析型問題／AY（Analysis Question）	提出帶有個人觀點，同時涉及組織推論文本相關資訊的問題。	
連結型問題／CQ（Connect Question）	將文本與既有知識、其他文本或上次討論進行連結，而提出問題。	

附件二

學習單設計說明：

　　深度討論「問題類型代碼」為：測試型問題TQ、追問型問題UP、分析

---

[29] 依據深度討論原始的問題類型定義，「推測型問題」經常以「如果⋯⋯會怎樣」出現，卻非唯一的形式。實務上，初學者提出「如果⋯⋯會怎樣」的問題相對容易達成，卻常因理解不夠深入，導致斷章取義或流於情緒感受，未必具有討論價值，且大多空洞而無從驗證（例如：就結果反向提問）。基於全校共同國文思辨寫作檢測結果及閱卷經驗，以「如果⋯⋯會怎樣」為提示範例，可能誤導或限制提問空間，不宜過度強調。教師應鼓勵學生運用邏輯和創意，依據文本脈絡、擷取重要訊息，並嘗試整合相關線索，假設各種不同的可能（包括探究原因、發展過程和推論結果），提升多元思考能力。

型問題AY、歸納型問題GE、推測型問題SQ、感受型問題AF、連結型問題CQ。學生經由提問練習，精熟類型編碼，深入理解文本主題和論述架構，建立「提出問題」→「回應問題」→「解決問題」的策略。「不自問自答」是深度討論的基本原則，因此程序上以回應（或追問）他組問題為優先，待討論結束，再開放各組說明觀點，進行對話。另配合個人學習回饋單延伸思考，以使討論更加完整深入。

深度討論小組紀錄表

課程名稱		共同國文	教師	陳冠蓉	日期	
討論文本						
小組成員 任務分工	組長		記錄		報告	
深度討論 I 提出問題	問題摘要（及主要提問者）					類型編碼
深度討論 II 回應問題						
深度討論 III 解決問題						

附件三

學習單設計說明：

　　深度討論成果應兼顧群體和個體表現，為提升自主學習風氣，另設計「個人回饋單」，由學生決定是否繳交，不限次數（分別累計）。寫作形式不拘，包括課前預習、課堂筆記和課後複習，如摘要、劄記、提問、回應……，亦可檢附所蒐集的資料。

深度討論個人回饋單

課程名稱	共同國文	教師	陳冠蓉	日期	
單元主題		討論文本			
姓　　名		系　　級			
深度討論／延伸思考					
提出問題					
回應問題					
解決問題					
其他 （對話 與分享）					

五、教學效益評估

　　傳統大學教育仍以成績／考試為取向，國文課程亦多偏重知識記誦，在波濤洶湧的改革潮浪中，因缺乏「產值」，淪為「無用之用」（甚至「無用」），首當其衝。2017 年哈佛大學校長德魯‧福斯特（Drew Faust）向新生致辭時提到：「大學教育的意義在於『追求真理』，重要前提則是『保持多樣性』，教育的目標，就是確保學生能分辨『有人在胡說八道』。」[30] 筆者則認為：「大學教育（尤其國文教育）的目標，除了確保學生能分辨『有人在胡說八道』，更要做到『不會胡說八道』。」讀大學不單是為了追求知識和真理，更包括應用知識和創造知識，提升危機處理和解決問題的能力，這才是大學教育真正的內涵。

　　現代科技發達、資訊爆量，假議題／新聞、網路謠言……無處不在，筆者深信：「教育」是改革社會，最溫和有效的方式。大學存在的意義和價值，就在於改變現狀，共同創造更美好的生活。大學是知識的殿堂，但絕不是高四補習班或職業訓練所，而是對自我和世界，無窮無盡的探索，高層次的思辨和優質的表達將是一大關鍵。「深度討論」是建構知識、應用知識和創新知識的橋梁，以引導學習、共構知識為內涵，為傳統大學國文課程開創相對理性、系統化的路徑，而非機械式操作。本單元以「深度討論」為中心，設計跨領域課程內容，整合應用社會科學、電影學理論，透過提問與寫作，引導學生加強優質思辨與表達能力，促使國文教材教法「三化」——活化、深化與進化，提升學習效能。

---

[30] 引自〈哈佛校長的開學致辭：教育的目標，就是確保學生能分辨「有人在胡說八道」〉，《關鍵評論》2017.9.21，連結網址：https://www.thenewslens.com/article/79306。哈佛大學校長 2017 年開學致辭影片連結網址：https://www.youtube.com/watch?v=bpQahOuY0ws。以上網路查詢日期皆為 2020 年 2 月 14 日。

未來世界的想像
〈膜〉的深度討論與科幻寫作

陳惠鈴

陳惠鈴，淡江中國文學系博士。國立臺灣師範大學共同教育委員會國文教育組兼任助理教授，又於淡江大學、中原大學等兼任。研究領域為現代文學，並旁及國文教學創新。大學時曾得過散文首獎、新詩首獎，亦於《國文天地》發表詩人夏宇相關評論。研究所、博士班時期，陸續對日據時期、現當代文學等小說相關領域持續關注。爾今，對國文教學創新熱衷不已。

一、教學目標

　　第十七屆聯合報文學獎中篇小說的得獎作品〈膜〉，一直以來就被以「酷兒」的理論來解讀，連作者紀大偉都在得獎感言中感謝評審的肯定，讓酷兒（Queer）有力氣繼續害（high）下去[1]。然而，〈膜〉除了讓人看見新穎的酷兒理論以外，其中科幻題材的寫作，也值得讓人多加注目。

　　文本的主角默默於西元 2070 年出生，三十歲的她是一名專業護膚師。於此知道〈膜〉所設定的時間背景為二十一世紀到二十二世紀。作為對未來的設定，文本裡有許多對未來世界想像的敘述：生存空間由陸地轉換到海洋、各國版圖的變換、進步的醫療科技、為人類器官移植特別打造的生化人等。這些科幻題材的寫作並非是任意的、天馬行空的想

---

[1]　紀大偉：《膜》（臺北：聯經出版事業公司，1996 年 9 月），頁 v。

像，反之，作者是透過「現在」的基礎點才去設想未來。[2]透過閱讀之後的深度討論，可以在課堂中整理出想像的線索、方式，再藉由這樣的方式來思考未來世界的模樣。最後，更進一步將此想像化爲作品，成爲一篇科幻題材創作。

　　以〈膜〉作爲科幻的文本選材，希望透過這樣的深度討論、思考、創作達成以下幾點教學成效：

1. 細讀文本所藏的細微線索，學習掌握小說中背景的設定。
2. 分組討論時，達成對語文能力中，口語表達與溝通訓練的能力。
3. 想像的訓練並非建立抽象的亂想，而是一種邏輯思維的模式。
4. 將想像轉換爲文字，完成文字寫作表達。

二、討論課流程

閱讀文本	紀大偉〈膜〉[3]			
進行時間	3 週 6 堂課，共 300 分鐘			
教學方法	深度討論教學法			
週次	討論主題		上課流程	時間分配
第1週	未來世界的想像練習	課堂活動	說明	5 分
		教師講授	暖身活動——解放想像力	20 分
		分組時間	以 5-6 人為一組，採異質化分組	5 分
		未來設定	對「未來」定義	20 分

2　像是作者在文本中將人類生活空間從陸地轉入到海洋，則是因為陸地上的臭氧層愈來愈破碎，紫外線在毫無抵擋下，讓人類罹患皮膚癌而死亡的案例遠超過其他疾病。「臭氧層破碎」明顯是從「現在」作為基礎點而出發的想像，想像出人類克服科技，將百分之九十九的人口移入海中。

3　紀大偉：《膜》（臺北：聯經出版事業公司，1996 年 9 月），頁 3-110。

		小組討論	在框架下對未來的想像（學習單一）	20分
第2週	未來世界的深度討論	小組分享	小組意見交流、提問	20分
		教師總評	想像與邏輯	10分
		教師講授	情境設計、文本帶讀	20分
		分組時間	以5-6人為一組，採異質化分組	5分
		小組討論	〈膜〉之深度討論（學習單二）	25分
		小組報告	深度討論問題報告	15分
		意見交流	各組提問、回饋	25分
		教師補充	遺珠之憾問題分享	10分
第3週	未來世界的整理	教師講授	前情提要，主題式討論說明	10分
		分組時間	以5-6人為一組，採異質化分組	5分
		小組討論	確認主題，並從〈膜〉尋找相關線索（學習單三）	25分
		小組報告	以重點式完成項目內容，並寫於黑板上	10分
		意見交流	各組提問	35分
		教師補充	宣布此單元的作業形式、內容	15分

三、流程說解

㈠ 第一週

1. 課堂活動

　　首先於第一週的第一堂課，利用大概五分鐘時間，為此次的未來寫作教學的活動做一說明。此三週的活動是以中篇小說〈膜〉為核心的展開，由於是中篇小說，是故必須先請學生在課堂前閱讀。而三週次的活動分別為第一週次為暖身活動──未來想像練習，第二週次為〈膜〉的深度討論，第三週次以主題式方式來看〈膜〉。在三週次的活動結束

後，則以一次散文形式的作業[4]，作為此次的單元寫作練習。

2. 教師講授

　　首先以當紅 Marvel 電影作為暖身舉例。近幾年來，Marvel 電影宇宙所帶來的潮流，相關系列二十多部英雄電影，所有英雄電影的起點是 2008 年的《鋼鐵人》。《鋼鐵人》的主角東尼（Tony）原是一個科技企業的大老闆，某次在中東地區與美軍視察的路上遭遇陷阱，心臟被炸彈碎片插入因而陷入困境。被俘虜後的東尼受到同樣被俘虜物理學家的幫忙，祕密地製造了一套鋼鐵衣——足以抵擋碎片進入心臟，亦能夠有動力殺害壞人並得以逃脫。這個鋼鐵衣便是鋼鐵人最早的原型，鋼鐵衣是一套先進的科技裝備，對「現在」的世界來說，就是種對未來想像的範例。但這種想像結合東尼的身分背景，是十分合理的。家裡是全美知名的科技企業並且販售有軍火，自己擁有聰明絕頂的腦袋，在危難時刻發展出一套先進的軍火裝備，並在解除危難的時候有一間私人實驗室可以再繼續打造更高效能的鋼鐵衣。

　　透過這點可以知道，建立在未來的想像並不是那樣的天馬行空、無所限制，反倒是有一些前提的設定。而在這樣的前提設定下，對未來想像才會相對地較為合理，而不是完全的「幻想」。「科幻文學」即是結合「科技」、「幻想」的文學作品。這種透過文字才能表現的作品，會更有邏輯性地勾勒起未來的想像。

3. 分組時間

　　深度討論教學法採用異質化分組，異質化分組的目的，是為了能夠讓不同背景的同學，聽取不同經驗產生的意見、想法，刺激討論的深度，打開思考的層次。但現實的情況是：每個班上學生所屬科系並非均

4　現代詩、現代散文、現代小說可說是現代文學的三大文體，本次以散文作為主要選擇，是因為相較於詩與小說而言，比詩更為直白，比小說易於掌握。散文較為自由、不受理論限制的特色，最適合想像力的揮灑。

勻分配，有些科系人數較多（幾乎占有一半的人數），有些科系人數極少（甚至只有一個），因此第一週採取分組的最大原則，則以同一組的成員中最少必須有三種不同科系的學生，盡可能達成異質化分組的目的。

4. 未來設定

　　「未來」一詞其實是非常抽象的內涵，小至五分鐘後、大至一千年以後，都隸屬未來的範圍。於是在對未來想像時，應該要設定具體的年分，比方說西元 2100 年。在這樣的設定前提下，以共同討論（教師提問，班上所有同學共同回答）的方式，設定最基礎的人物限制（年齡、性別、身分背景等）、生活模式、條件，並以這樣的限定來發揮想像力。

5. 小組討論

　　討論若是漫無目的，則容易失焦變成聊天。本次課堂以電影《鋼鐵人》作為暖身開頭其實是雙面刃，受到此部電影賣座影響之故，雖然在動機引起上容易許多，但有多數學生共鳴之處，同時也很容易成為聊天的話題。因此小組討論的時候，教師必須謹遵時間、主題的設定，並需要嚴格地要求在時限內完成學習單上的基本要求。

　　學習單上首先記錄之前對未來設定的基本討論，從此框架下討論人物在未來的模樣與生活。此外，各組在討論前，應先行寫下該人物在「現在」西元 2020 年的模樣是什麼？而這類型的人物在西元 2100 時，又將會有什麼樣的生活模式與樣子？先行討論完的組別，即可指派組員至黑板處寫下幾個重點。此處於黑板上的文字敘述，主要是考量語音大小、語速的快慢將會導致其他同學不易辨識，因此以文字作為視覺呈現，一來可以是組別報告者上臺報告時的輔助說明，二來更可以讓其他組別的同學抓到重點，以免因為聽覺的差異而有所誤解。

6.小組分享

　　各組依序上臺報告討論成果，每組報告完時，留取一分鐘的時間讓其他組別提問。然而在實際課堂操作中，提問時間容易陷於一片寂靜且沒有任何反應，因此教師應視情況而定：採取提問加分，鼓勵其發言，或者是指定任何組別來給予回應。每個人都會有自己的盲點，即便各組討論也會有各組因討論而形成的視線死角，唯有透過他人或者他組的發問、回應，才能夠找出邏輯上的失誤，或者是更確定自己組別的想法。

7.教師總評

　　此週針對未來世界的想像，除了是要釋放學生的想像力以外，更重要的是邏輯思維的訓練。想像力依照現有的框架下，依序慢慢循著邏輯的訓練，用文字化成未來的模樣。對西元 2100 年有些許的「以為」之後，第二週將進入〈膜〉的探討。試著用我們每個人的「以為」的「已知」來閱讀〈膜〉，碰撞他人對西元 2100 年的認知所激出的火花，或許遠比空無一知的閱讀更為精彩。

(二) 第二週

1.教師講授

　　由於〈膜〉一文充滿著豐富性，因此討論時容易會有許多分歧的方向。因此，此次上課首先延續第一週對未來世界的想像整理，並由教師將上週學生對西元 2100 年的想像報告中，對比〈膜〉一文裡的不同想法。像是〈膜〉中，人類走入海洋生活後，在海洋中的版圖並非現在陸地的樣子，而是取決於該國的強大與否。也就是現在的政軍經濟實力決定海洋的版圖，因此法國在陸地上的領土雖比阿爾及利亞小，但海底版圖中的新法國卻是阿爾及利亞的六倍大[5]。此外，文本裡所描述的醫療進步，西元 2100 年的生化人可以是為了人類移植器官的特別打造。

5　紀大偉：《膜》（臺北：聯經出版事業公司，1996 年 9 月），頁 20。

　　諸如此類，均以「未來」的主軸作為舉證說明，為的是讓學生可以集中討論在「未來」這樣的題材上。

2. 分組時間

　　為了讓學生能夠與各個不同背景的人討論、激盪火花，此次的分組仍舊以異質化作為主要方式。然而此次分組的組員與原則，必須不同於第一週次的方式。若是第一週次以科系作為原則，那麼第二週次的分組原則，則採取隨機方式，可以視班上學生服飾的特色為分組原則，衣服的特色（如帽 T、褲子）、顏色（顯眼的顏色）等。

3. 小組討論

　　此次的分組討論，以深度討論法的問題類型為主。因應深度討論法的問題類型，總共有追問型問題、歸納型問題、分析型問題、連結型問題、感受型問題、推測型問題六種問題類型。

　　感受型的問題容易流於情感、閱讀心得的分享，連結型的問題雖然能夠帶來知識的分享，但也容易會將討論文本變成是相關熱門電影的心得分享、推薦等。因此，此次的問題討論將先以分析型問題、歸納型問題、推測問題，作為主要討論核心。並以此三種問題類型為架構，提出三個問題[6]。

4. 小組報告

　　各組在完成討論後，陸續可先至黑板前寫下三個問題的概要。若時間允許，可寫下全部的問題，若時間不允許，則擇一寫下組別認為最值得探討的問題，並於口頭報告時將此提問背後的脈絡、想法說明清楚。

5. 意見交流

　　各組已經完成口頭報告時，其他各組需任選黑板上的問題來討論回

---

[6] 此三個問題可以都是分析型，或者都是歸納型、推測型，亦可由三種類型中，任選兩種或三種都提。

答。此處並沒有限制每個問題都必須有組別回應，組別的選擇只要經過組內同意即可。唯一要注意的是，不能選擇回答自己組別的問題，並且回答時，不能建立在抽象的想像中。各組選擇回答問題之後，接下來由提出問題的組別再次給予回應。因原組可能原先有設想答案，但他組給予的答案或許會不同預期，是故再次的回應，或許會產生不同的火花與思維。

6. 教師補充

　　在面對其他組別問題時，會有些許的遺珠之憾。因前次的意見交流選擇的方式是任意式，也就是在選擇問題是沒有任何限定，如此一來，可能會有些問題較能夠吸引他組回應，同樣地，必定會有些問題較為冷門或者是因為難以回答而被避開。教師補充時，先將那些遺珠之憾做基本回應。假若時間足夠，則再回應其他被他組選擇回答的問題。

㈢ 第三週
1. 教師講授

　　本週的開頭以上週學習單作為基礎，列出幾個其他尚未在課堂上提及，但仍舊具有意義而且值得討論的問題。再者，對比出第一週次所設想西元 2100 年的未來，與〈膜〉裡 2100 年的未來，找出大家對未來設想的差異性，以此作為暖身開頭。

　　此次的討論仍舊以〈膜〉作為主要文本，並以幾個生活的模式為項目，讓學生可以討論「具體」的生活模式。目的是要學生能夠理解，未來並不是架空思維，距離今天（西元 2020 年）八十年後的西元 2100 年，人類應該不會像是多啦 A 夢從口袋拿出各式各樣的未來道具。許多生活模式，就像是「食衣住行育樂」等，仍舊維持在人類之間。因此在教師講授的最後部分，則需要在黑板上列出幾個生活必需的大項目，以〈膜〉為文本討論其相關訊息、線索。

2. 分組時間

第三週次的分組，爲了能夠達成有效的異質化分組，此次分組原則將與第一週次、第二週次不同。此次分組模式採取抽籤制，教師於課堂前先將籤筒製作完成，依照班級人數而定分組組別，一般大約六組左右、每組約莫五～六人。期望三週次不同組別的分組原則，可以讓學生碰觸更多不同類型的他人，討論也才能夠交集出更多的火花。

3. 小組討論

各組在討論前，需先行花三分鐘時間，決定組別討論的生活項目爲何，決定後並從〈膜〉中作者留下的蛛絲馬跡找出相關支持的佐證。比方說「娛樂」的部分，西元 2100 年，光碟書、電子書獨占所有出版市場，人類已不再使用紙本書籍傳遞訊息──畢竟海底世界裡，紙本不易保存，而也因爲科技的進步，所有知識、娛樂等書籍內容，都能夠轉換爲電子資源。

然而，〈膜〉中對於相關的項目寫得或許並不具體，因此考驗學生對於小說情節的理解、推演能力。期望藉由這樣的方式，可以訓練學生對文字能力的掌握，並也能藉細節的觀察合理地推測出作者尚未描述的部分。

4. 小組報告

各組在小組討論之後，必須派一組員前往黑板寫下該組別所討論生活項目的成果。文字作爲輔助，目的是讓口頭報告者報告時，其他組的同學能有依據可以思考。

5. 意見交流

此次問題提出的時間較其他週次不同，本週次的問題提出需在各組報告之後。待各組報告整理出各個生活所需的基本項目後，各組必須建立在具有邏輯的想像中，分別對他組的生活項目進行更仔細的提問。然而此提問要注意的是，各組的生活項目都必須要有一個組別來提問，不

可有無人挑選的情況，因此需要教師介入組別的挑選。

　　此次的問題討論中，延續著深度討論的問題類型，但與上週次有所不同。本次的提問可以試著練習「追問型」的問題類型，二來此處的提問有別於上週，將開放連結型、感受型問題。試著拉出學生對於其他相關科幻文本、人類生活的感受等，對未來世界具有更進一步的掌握。像是若有醫療組別，那麼「生化人」的存在，或許就會是很好的提問選擇。

　　而在各組提問之後，整理該生活項目的組別，則是要對提問給予邏輯性的回答。

6. 教師補充

　　此週的教師補充時間較長，目的在於整理學生透過〈膜〉一文的討論。得出對未來世界的想像並非憑空而來，而都是針對目前生活，有憑有據的想像而來。是故，最後指派此次的作業：設定未來世界的時代背景（如西元 2100 年等），並試著以生活必需品作為主題，以此為相關，完成一篇科幻寫作。此篇文章設定為散文形式，目的要能夠將此生活必需品的現在的樣子、對未來的想像，以及如何演變、使用的心得等，完成一篇有邏輯性的文章。

四、學習單

附件一

學習單設計說明：

　　對未來的想像，人們常流於漫無目的、天馬行空的幻想，然而未來並非那麼完全沒有線索。未來的想像可以是在某些合理的框架下，進行有邏輯的思考。因此，此次學習單主要是經由討論「現在」過後，建立出來的「未來」假設。討論步驟首先以西元2020年為基礎，試著請學生討論2020年的時候，人們的樣子是什麼。接著再以此為基礎，想像西元2100年人們的生活會是什麼？並透過小組討論方式，將此記錄下來。

日期			
組長	討論成員	記錄	口頭報告者
討論主題			
未來世界的基本設定	時間背景假設		
	人物設定		
	其他		
該人物於_____年的模樣、生活模式			
該人物於_____年的模樣、生活模式			
其他補充			

附件二

學習單設計說明：

　　此次討論以深度討論為核心，在閱讀〈膜〉之後，集中「未來」的主題，並以此為提問。提問問題的類型限於歸納型問題、分析型問題、推測型問題三類，最下方為回答他組時的問題記錄與描述。

1.日期／閱讀思辨討論篇章

2.分組討論基本資料

組長	討論成員	記錄	口頭報告者

3.問題類型討論

問題類型	問題描述／思考脈絡

4.回應問題

問題描述	
問題類型	問題類型歸納（可複選）：

回答	

附件三

學習單設計說明：

　　本週學習單試著先讓各組更聚焦式地整理生活項目的內容，並以此內容作為深度討論的文本，請他組依此內容提出問題。除提出問題外，需記錄他組的回應，並若有問題時，得以再次提出，目的是希望透過多次的交流，取得大家對未來的共識。

日期			
組長	討論成員	記錄	口頭報告者
組別討論的生活項目			
〈膜〉中的敘述			

他組的生活項目與敘述	
提出問題之問題類型	
提出問題描述	
他組的回應	

五、教學效益評估

　　此課堂的設計橫跨三週，以深度討論教學法為主要教學選擇。結合想像力的發想、邏輯思考的訓練，並在最後以單元作業作為產出的項目，以此考核成果，期望能達成以下幾個成效：

1. 在影視產業的帶動下，未來是熱門的話題。而透過這樣的未來想像，期望能夠將此想像化為可能，成為改變未來的動力。
2. 從現在到未來的想像是一種邏輯的訓練，從文本找細節來佐證，更是有憑有據才說話的展現。如此一來，更能訓練學生成為有「理」之人。
3. 未來作業的設計，符合「科學」、「幻想」、「文學」的科幻文學主軸，透過這樣的主題書寫，讓學生更能理解科幻作品，進一步變成下一個創作者。

妖怪從哪兒來

從「深度討論」中誕生的神怪故事

謝秀卉、黃子純

謝秀卉，國立政治大學中國文學系博士。國立臺灣師範大學共同教育委員會國文教育組兼任助理教授。研究領域為中國神話傳說、民俗學、樂府詩、明清詩話，並旁及國文教學創新。撰有博士論文《漢魏樂府歌詩口頭性藝性》及樂府詩、中國神話傳說相關論文數篇，並參與《深度討論力：高教深耕的國文閱讀思辨素養課程》、《走進「深度討論」的國文課教室》等書之編輯與教學設計。
黃子純，淡江大學中國文學系博士。國立臺灣師範大學共同教育委員會國文教育組兼任助理教授，又於中原大學兼任。研究領域為明清古典小說，並旁及國文教學創新。著有《每日二字：這樣用就對了》、《深度討論力：高教深耕的國文閱讀思辨素養課程》、《深度討論教學法理論與實踐》、《走進「深度討論」的國文課教室》（以上皆為共同作者）。

一、教學目標

　　共同國文第二學期重點即在「寫作力」的培養與提升，實作練習計有「應用寫作」、「評論寫作」、「自由寫作」等三項。針對「自由寫作」，我們參酌莫菲教授深度討論教學法之精神，利用討論課培養學生的創意思考，嘗試將「觀察」與「想像」融入寫作教學，帶領學生閱讀生物觀察、神話、妖怪等主題的文本。從生活到文本，從閱讀到討論，

從發想到寫作，循序漸進，按部就班，引導同學進入神怪故事寫作的觀察、聯想、思考、討論情境。

　　人類面對所存處的生活環境、遭遇之人物與事件自然會有觀察與想像，形諸言語或文字就成為代代流傳的神奇（怪）敘事。面向未知，觀察有時含帶想像，想像有時亦基於觀察而生。魯迅即曾說：

　　　夫神話之作，本於古民，睹天物之奇觚，則逞神思而施以人化，想出古異，倘詭可觀，雖信之失當，而嗤之則大惑也。[1]

可知，觀察與想像，原即是人類思考與感知世界的重要途徑。由是，本課程即是將觀察與想像融入「討論」中，循序漸進，藉閱讀、思辯、提問、作答、發想等步驟而完成一則神怪故事，並使學生了解到，觀察力與想像力並非專屬於有天分的創作者，而是人人皆可循既定步驟，充分展開自我思考歷程的有趣經驗。課程規劃之教學目標有三：
其一，**從生活看見故事**：引導學生挖掘生活中的敘事素材，辨析真實與
　　　　虛構如何並存於神怪敘事。
其二，**從觀察到聯想**：培養敏銳的觀察力，區辨觀察乃想像之基礎。
其三，**發想故事大綱**：藉小組討論及自由書寫創作神怪故事。

二、討論課流程

　　關於閱讀文本、進行時間、教學方法及課程規劃，詳見下表所示：

1　魯迅，〈破惡聲論〉，《魯迅全集・集外集拾遺補編》（第 8 卷）（北京：人民文學出版社，
　　1981 年），頁 30。

閱讀文本	鶯歌石傳說[2]、婆婆橋報導[3]、聶璜《海錯圖》[4]、干寶〈落頭民〉[5]
進行時間	5 週 10 堂課（含期中寫作 2 堂），共 500 分鐘
教學方法	教師講述、師生討論、分組討論、實作練習

課程規劃				
週次	討論主題	上課流程		時間分配
		課堂活動	說明	
第1週第1堂	解析敘事的虛構性	情境營造	教師講授：文學敘事與現實、經驗與想像之關聯	30分
		帶讀思考	閱讀文本：〈鶯歌石〉與〈婆婆橋〉	20分
第1週第2堂		小組討論	分組討論暨問題記錄：故事與真實的異同	20分
		意見分享	意見分享交流：提問與回應	20分
		總結歸納	總結歸納：現實、經驗、想像與故事創作	10分
第2週第1堂	辨析「觀察」與「想像」的異同	情境營造	教師講授：介紹聶璜及《海錯圖》	20分
		帶讀思考	閱讀文本：《海錯圖》部分篇章	20分
第2週第2堂		小組討論	分組討論暨問題記錄：「看得見」與「想得到」的海洋生物（附件二）	20分
		總結歸納	總結歸納：想像與觀察的關聯性	10分
		書寫練習	想像寫作：海洋生物大改造	20分

2　清・陳培桂主修，《淡水廳志》（第三冊），收入臺灣銀行經濟研究室編：《臺灣文獻叢刊》第 172 種（臺北：臺灣銀行，1963 年），卷 13，頁 340。

3　莊榮宏，〈外雙溪婆婆橋的故事〉，《自由時報・自由談》，網址：https://talk.ltn.com.tw/article/paper/1075143

4　清・聶璜，文金祥編，《故宮經典：故宮海錯圖》（北京：紫禁城出版社，2014 年），頁 28、31-32。

5　晉・干寶，《搜神記》（臺北：三民書局，1996 年），頁 438。

第3週 第1堂	利用「討論」開啟「想像」	情境營造	教師講授：日本妖怪畫師鳥山石燕《百鬼夜行圖》介紹	20分
		帶讀思考	閱讀文本：〈落頭民〉	20分
第3週 第2堂		小組討論	分組討論暨問題記錄：「落頭」敘事的多元思考（附件三）	20分
		意見分享	意見分享交流：提問與回應	20分
		總結歸納	總結歸納：由「不合理」處展開自由聯想	10分
第4週 第1堂	發想故事大綱	情境營造	教師講授：Lady MaMa——臺灣各地媽祖神蹟傳說	10分
			教師講授：蒜頭糖廠配天宮媽祖收伏黑狗精傳說	10分
		小組討論	分組討論暨問題記錄：故事大綱發想（附件四）	30分
第4週 第2堂		意見分享	意見分享交流：小組故事大綱分享	40分
		總結歸納	總結歸納：有次第與步驟的故事寫作	10分
第9週	期中寫作（期中考週）	書寫練習	完成作品	100分

✕ 三、流程說解

　　深度討論教學法之核心精神即是藉小組成員的思辨與對話，增益學生討論理解文本或議題的深度與廣度，由此，國文課的課程規劃除了傳統上教師講述及學生聆聽的靜態式學習外，又可加入較具動態性互動討論（包含師生討論、小組討論以及組間討論），使同學在課堂中有更多思考交流與激盪。因此上課流程約略為如下六個步驟：

第一，**課前閱讀**：同學在上課前必須先瀏覽或閱讀當週上課欲討論之文本，並針對此一文本自由發想，提出三個問題。此一設計，主要欲使同學進入討論主題前，對於文本有基本的了解與熟悉，以利課堂討論之進行。

第二，**討論引導**：教師藉針對討論主題所製作之投影片展開講述，順勢引入當日討論主題，作為分組討論的思考暖身活動或提供討論所需先備知識。（約 15-20 分鐘）

第三，**文本帶讀**：由當日討論主題帶讀瀏覽文本內容，使同學適度掌握文本內容與討論方向。（約 15-20 分鐘）

第四，**小組討論**：小組成員針對文本內容與當週討論主題發想提問，並記錄發言內容。（約 20 分鐘）

第五，**意見分享**：各組將意見書寫在黑板上或以口語表達呈現討論結果，有時進行交叉問答。（30 分鐘）

第六，**總結歸納**：教師總結歸納當日討論結果（約 5-10 分鐘）

第二至第六步驟依每次上課情境與課程設計主題需要會有調整變化。本次課程為神怪故事寫作課程與深度討論教學法的結合，接著要面對的，就是如何在課堂上實際操作執行？其中的關鍵即是，「討論」如何與「寫作」結合？如何運用「討論」啟發「寫作」所需的靈感、故事大綱以及完成作品？對此，我們採取「從生活到文本」、「從閱讀、討論到寫作」的教學次第，循序漸進，將深度討論教學法融入上述課程設計。以下結合前述上課流程，進一步說明：

㈠ 課前活動：閱讀與提問

1. 課前閱讀

由於課前閱讀為構成深度討論必備環節，課前預習與否，將會影響實際課程進行的流暢度與參與度，故除了給予學生文本以外，並額外設計課前學習單，提高學生課前學習的機率。因本次課程規劃為第二學期初第一至第四週的課程，包含期中寫作，為期約五週，合計約有十堂

課。第一週上課結束後，於課堂發給每位同學一份課前學習單（附件一），要求同學先行瀏覽閱讀，並寫下提問。在第二至四週的上課前繳回，由教師評閱發回，以利教師彈性調整教學策略。

㈡ 課堂活動：討論引導、文本帶讀、小組討論、意見分享、總結歸納

　　討論引導是討論課得以順利進行的關鍵，此一部分係以教師講授為主。然而不同於傳統講述教學的部分在於，講授內容並非針對文本內容直接展開解釋賞析，而係提供同學討論文本所需的背景知識，作為小組討論的前理解。而中國神話或古典小說中的神怪敘事，經常就是發生於古人日常生活情境中，超乎常理或違反常理的人物或事件。可以說無論是神話或古典小說中的神怪敘事，均係來自講述者或書寫者對於所存處日常生活境的觀察、反思與想像之結合。這也就是說，日常生活情境中所見人、事、時、地、物，皆可能成為觀察與想像的對象，特別是那些與真實地理相關的神靈傳說、神怪故事尤其如此。課程規劃乃依「從生活到文本」、「從閱讀、討論到寫作」的教學次第展開。讓同學藉由「討論」走入故事創作情境，刺激個人的想像、靈感，以發想萌生自己所擬創作的神怪故事雛型。各週營造討論情境之課程規劃如下：

1. 解析敘事的虛構性

　　第一週討論主題設定為「故事就在身邊」。第一堂「討論引導」約為 20 分鐘，教師利用投影片舉例講述中西文化與神話，引導同學看見人類的想像與虛構，如何成為人類文明或文學不可或缺的一部分，並藉實例說明「現實」（人、事、時、地、物）與「經驗」（個人或群體的感受、觀察思考、行為）是「想像」的重要依據，由此引導同學進入討論情境。接著則是「帶讀思考」，亦為 20 分鐘，教師利用自製投影片帶讀並講述鶯歌石傳說、婆婆橋報導，並在講述故事時，引導同學思考故事中「現實」、「經驗」與「想像」分別出現於哪些段落？

　　鶯歌石傳說和婆婆橋的報導即是貼近生活的兩則敘事，它們兼有真實性與虛構性，就真實性而言，鶯歌石與婆婆橋皆是實存景物，但相關敘事卻不盡然皆屬真實。先以鶯歌石為例，《淡水廳志》卷十三載：

> 鶯哥山：在三角湧，與鳶山對峙。相傳吐霧成瘴，偽鄭進軍迷路，炮斷其頸。
> 鳶山：即飛鳶山，在三角湧，偽鄭亦炮擊其尖，斷痕宛然。[6]

這兩則敘事皆將山「施以人化」，視為鳥類精怪於此地作祟，後因鄭成功軍隊之炮擊遂化為二山。搜尋網路便可輕易查找到大同小異的故事版本，而二景點也因此類敘事而增添人們一窺究竟的好奇心。後來，在網路上又流傳著更多登山客登臨此地後流傳的玄奇異聞。另一例子是婆婆橋，實際上，它只是一座尋常普通的水泥橋，但若將市府掛在橋畔樹上的匾額與自由電子報的兩則報導，兩相對照，就使這則敘事的不同版本有了供學生討論思辨的空間。來自市府版本的敘事，如此介紹著婆婆橋的由來：

　　很久很久以前，目前青青農場所在的位置是人間樂土，有松濤流水，也有很多可愛的動物悠遊其間，後方的山林長了許多神奇的藥草，鄰近窮苦人家生病，都會到溪邊的山林間採擷藥草回家治病。溪旁住了一位人稱婆婆的善心老婦人，每次風雨一來，就憂心忡忡，深怕有人冒著生命危險涉水而過，有一天，晨曦初露，一個年輕人因為母親生病沒錢醫治，冒著湍急的外雙溪流而過，返回時，看著高漲的溪水，因惦念家中的母親，便奮不顧身地涉水而過，最後被困在溪中，直至精疲力竭而被溪水沖走。婆婆受年輕人孝心感動，於是發願蓋橋以方便來往行人。婆婆每天在太陽剛升起時，就在溪對岸的樹林

砍材，把砍下的木材拖到溪邊，如此不分寒暑經過了數過年頭，才將
需要的木頭備足。鄰近的年輕人見到婆婆的善舉，深受感動，主動要
求幫忙架構，木橋終於完成。過往的行人感念婆婆的善舉，遂以婆婆
之名稱之。最初有名無碑，直至改建爲水泥橋，才在橋頭鐫刻下婆婆
橋的名稱。……

而自由時報亦有一則相關報導：

　　大年初四，朋友到台北市外雙溪走春。穿過故宮博物院對面巷子
的盡頭，迎面是一座水泥橋，橋頭刻著『婆婆橋』。『這橋原本是破
舊的無名木橋』，朋友說，半個世紀以前，每逢夏天，父母常帶著
四個小兄妹，從三重搭公車來此戲水消暑，摸魚抓蝦，然後上岸過
橋。木橋老舊，木色深黑，木板稀稀落落，低頭可見溪水湍流，四個
小蘿蔔頭常須跨大腳步，才能跨過坑坑洞洞。過橋左轉，沿登山步道
拾級而上，盡頭是一顆巨石，刻著『小洞天』三個大字，旁邊是外
公興建的『三修宮』，林蔭蔽日，清風送爽，蟬鳴喧天，如雷貫耳。
朋友說，外公和外婆在大稻埕經營旅館和照相館，才廿多歲的「阿瘦
皮鞋」第一代老闆，就在旅館的騎樓擺攤修鞋，兼賣打火機油，常
來借廁所。一九六三年，外婆病逝，享壽六十二歲，外公將她安葬
三修宮下方，在步道旁爲她立碑，刻著『李珠略傳』記載生平，背
面是『淑德垂芬』。那座斑駁的木橋，外公重建爲水泥橋，命名『婆
婆橋』來紀念外婆。朋友初四走春回來說，他重遊舊地，才知那裡已
被市府規劃爲『婆婆橋登山步道』，橋旁還立有告示牌說明『婆婆橋
的故事』。故事卻是竹篙湊菜刀，說是有位孝子急於返家探望久病老
母，冒險涉溪卻被淹死，孝心感動當地一位婆婆，她發願築橋，年輕
人受她感召而加入，終於建成木橋，往來無須涉險，眾人感念，遂以
『婆婆』稱呼此橋，後來改建水泥橋便刻名爲『婆婆橋』。朋友說，
虛擬的婆婆橋的故事被人耳熟能詳，連他上網搜尋到的也是這個版

本，真實的故事反而不為人知，他的兒子憤憤不平，朋友卻一笑置之。朋友說，現在是網路世界，人們只想聽他們想聽的故事，真相是什麼反而不重要，而虛構的故事往往比真實更淒美，如果故事能讓當地增添傳奇，讓遊客樂道，讓人心遷善，讓地方招來商機，那就維持這樣子吧。[7]

一座婆婆橋卻有兩種迥異的敘事表述，那麼此處可引導學生討論的方向有二：一是兩則敘事中分屬現實、經驗與想像的段落各自為何？二是面對同一景物，關於它的敘事版本若有數例，那麼，何者為真實，何者為虛構，如何區辨這兩者的差異，亦是一可供同學論辯思考的課題。

2. 辨析「觀察」與「想像」的異同

第二週的討論主題則為辨析「觀察」與「想像」的異同。第一堂討論引導約為 20 分鐘，教師利用投影片介紹《海錯圖》。本書是清聖祖康熙年間人士聶璜所作，總共四冊，有三冊在北京故宮，一冊在臺北故宮，是一套記錄海洋生物之種類、外形、名稱、食用方式及傳聞的圖譜畫冊。[8]接續的「帶讀思考」為 20 分鐘，帶讀聶璜《海錯圖》部分篇章，利用講述引導同學思考聶璜如何描述「真實」、「罕見」以及「虛構」的海洋生物？神話學者鍾宗憲即說道：

　　人的世界觀，事實上是和人的領域相等的，鑑於知識與詞彙的關係，所以人的世界觀又與他所認識的詞彙的多寡相等同，然而以有限的詞彙想要描摹出現實的整個世界，或詮釋世界的種種現象，當然會有捉襟見肘的情形，神話的思維和語言也自然而然地會因此產生。[9]

7　同注 3。
8　吳誦芬，〈海錯圖〉，《故宮文物月刊》第 363 期（2013 年 06 月），頁 66-73。
9　鍾宗憲，《中國神話的基礎研究》（臺北：洪葉文化，2006 年），頁 28。

聶璜對於海洋生物的描寫亦是如此，從常見的海洋生物、罕見的海洋生物到虛構的海洋生物，就可見聶璜如何調動自我既有的知識網絡以描述之，而從常見到虛構的描寫，事實上，有共通的敘述原則，它們多會從外在具體的形貌、聲音或可知的習性著眼，而差異在於，聶璜對於未知、未能親睹或轉引他書或傳聞而知曉之海洋生物，雖然仍按照已知的認識而產出其描述，但此類描述中就開始增加了超乎尋常的成分，如近似人類、肢體數量較其所屬種類有增多或減少的情況，乃至在顏色、形狀、功能上產生變異。凡此，由尋常到非常的轉變，從其描述中即可見一斑。而本次小組討論即要聚焦於此，學生可藉由閱讀海洋生物的敘述，注意到，「觀察」海洋生物的外形、習性、聲音、名稱等敘述要點可被用來「想像」未知的海洋生物，由是，遂使常見、罕見、虛構的海洋生物產生了類似的記述模式。但愈趨向虛構一端，海洋生物之形象就愈超常、瑰麗，描述它的知識來源便不再是直接觀察所得，而是轉引他書或藉傳聞以識之、圖之、寫之。換言之，聶璜乃先有關於該海洋生物的知識在先，而後，憑藉記憶、印象為其繪圖。教師在引導同學展開小組自提問答時，可先仔細檢視同學所提問題，看見亮點，並給予指示，引導同學持續深化思考，此時會碰到的情況是，同學的提問方向未必與教師所提「觀察」與「想像」彼此同中有異的敘述原則有所相關。小組自提問題，經常會超乎教師原先的討論範圍，而教師可以做的是，就同學的提問再延伸思考，拉回到所設定的討論主線。這一點，在實際的討論課是最具挑戰性與有趣味的部分。因為，同學的提問亦會刺激教師的思路，另闢一新的思辨場域來活化或擴展教師原有思維。莫提默・艾德勒（Mortimer J. Adler）與查理・范多倫（Charles Lincoln Van Doren）在〈閱讀的活力與藝術〉中曾提到「指導型的學習」與「自我發現型的學習」，前者「學習者的行動立足於傳達給他的訊息。他依照教導行事」，後者則「學習者立足於自然或世界，而不是教導來行動」，這兩種學習皆會涉及思考，而閱讀的藝術實際包含所有「自我發現型學習的技巧」：「敏銳的觀察」、「靈敏可靠的記憶」、「想像的

空間」以及「訓練有素的分析、省思能力」。[10]這種閱讀的要點即在閱讀時要能開啟主動思辨模式，此處乃就個人獨自閱讀而言。事實上，小組討論就是把原先單屬個人的主動思辨擴大成為小組成員交互主動思辨，藉由學習單的書寫，對於觀察與想像之間的同異，就在小組討論中逐漸出現方向與輪廓。由於本次課程非屬研究寫作而是故事寫作，因之，此一部分旨在使學生藉「討論」引發「想像」，或者開始蒐集神怪故事的素材或構思故事大綱、情節、主題的資源。

3. 利用「討論」開啟「想像」

　　第三週討論主題則是區辨故事中的「現實」、「經驗」與「想像」段落。第一堂「討論引導」約為 20 分鐘，利用投影片內容介紹日本妖怪文化暨畫師鳥山石燕《百鬼夜行圖》，引導同學進入討論情境。「帶讀思考」同樣為 20 分鐘，教師藉講述〈落頭民〉引導同學就本文中「落頭」敘事展開問答。此次的討論，並未設定提問方式，而是讓同學自由提問與作答，以下羅列幾出理組與文組同學的問答實況：

理組同學　A 組		
問題類型	問	答
推測型問題	若晚上頭飛出去了，感受或看見了一些東西，頭會有反應嗎？反之，若身體有反應，比方想要上廁所，那麼，頭會如何反應？若有反應，那兩者之間的傳輸方式是如何？	本組全未作答。
歸納型問題	請問，他是因睡覺而頭飛出，還是夜中時頭飛出？	
推測型問題	如果他坐郵輪，那麼，他的頭會飛出找尼莫嗎？	

---

10 艾德勒、范多倫著，郝明義，朱衣譯，《如何閱讀一本書》（臺北：臺灣商務，2003 年），頁 20-21。

分析型問題	人在睡覺時會有向下墜或向上飛的感受，而有時會莫名的抖動，請問，這是因為我們都是南方人才有這個基因的關係嗎？	
理組同學　B 組		
分析型問題	什麼力讓他的頭飛出來？	電磁力，可能是人造人。
分析型問題	頭與身分離怎麼吃飯？	我們合理推測，應該是放在大腦裡面，等頭身相接，才送達胃部。
歸納型問題	作者是在什麼情況下寫出這篇文章？	他嗑了太多仙丹。
推測型問題	旁人的頭是否也會飛出去？	會，因為看到頭飛出去也不意外。
推測型問題	如果不是頭而是手飛出去，會怎麼樣？	會變無敵鐵金剛。
推測型問題	如果你旁邊的人頭飛出去，你會怎麼樣？	把他頭接回去。
理組同學　C 組		
分析型問題	明明頭可以離開那麼久，但為什麼頭沒辦法接下去就會死掉？	如同充電的感覺，早上時，能量耗盡，再不充電就死了。
分析型問題	在古時侯沒有夜間照明，也沒有什麼夜間活動，頭飛出要幹嘛？	尋找嶄新的宿主身體，藉此體驗截然不同的人生。
推測型問題	如果你的頭能飛出去，你會如何運用？	一心兩用，頭飛去做思考的事情，如讀書、上課，身體去從事體育活動，如跑步、重訓等。
分析型問題	他身體寒冷，呼吸緩慢，為何不叫醫生？	

推測型問題	如果妳是這個將軍，你遇到了和你不一樣的人，你會如何應對？	
理組同學　D 組		
分析型問題	請問頭飛走後，身體是靠什麼呼吸的呢？	因為肺還在，只有氣管外露，所以還是可以正常呼吸。
追問型問題	那頭是怎麼呼吸呢？	因為頭部的空間有限，所以說不定是和昆蟲一樣，身體組織直接和空氣交換氣體。
分析型問題	文中說：「噫吒甚愁，體氣甚急」，所以說，他的頭還是有意識的？	應該是的，因為他可以對他看到的東西表現出情緒。
分析型問題	為什麼落頭民出現在南方？有什麼背景因素嗎？	因為作者是北方人，他對他們所不知的南方充滿好奇與想像。
分析型問題	頭可以接在其他同類身上嗎？	頭和身體要接合的話，大小和形狀總要一樣，所以不同的頭應該不能接在不同的身體。
感受型問題	頭和身體分開的時候會痛嗎？跟切到手的感覺一樣嗎？還是像剪指甲一樣？	她在把頭和身體斷開時，大概就像壁虎斷尾一樣，利用肌肉收縮，讓身體部分離，應該不會很痛吧？
文組同學　A 組		
分析型問題	在文中提到婢女的頭晚上會分離身體而飛走，直到隔天早上才會回來，但是，這表示頭和身體已經分開一段時間了，為什麼不會失血過多死亡，甚至還可以接回去而且還活著？	適者生存，如果他們有這種天性，就一定會有某種身體機制能夠預防自己因為頭身分離而失血過多。

推測型問題	落頭民的天性是頭身會分離，那少了身體的那顆頭在外頭到底做了些什麼事？	也許是飛去想去的地方，假設那婢女平常的待遇不太好，或是處於對其不利的情況，導致落頭民必須在夜晚人們放鬆警覺時行動的話，就可能是為了自保而離開身體。
分析型問題	婢女的頭晚上在外面飛，那，晚上都不用睡覺嗎？	因為他一個人留在將軍那裡很孤單，而且，又遇到戰爭，搞不好晚上是出去搜集情報或找同伴的。
推測型問題	如果妳擁有能夠落頭的能力，那麼，你會想在這個時代做些什麼事？	飛去偷聽商業機密，再把情報賣掉賺錢，這樣，早上就不用工作了。
文組同學　　B 組		
分析型問題	落頭民的頭離開了身體卻還能自由活動，以人類的身體構造來看，是不可能達成的。他們的身體究竟和我們有什麼不一樣？	壁虎的尾巴離開身體也會動啊，所以應該是在分離的片刻就把需要的能量轉移到頭上。
分析型問題	睡覺時，頭為何會無緣無故飛出去？他是否有任務要完成或有怨念要報復？	因為睡覺要做夢，但夢是無束縛的。入睡時身體肌肉放鬆，身體過於沈重，所以頭要離體飛走，去經歷夢中所想經歷的事。
分析型問題	既然頭能飛，且頭部還有其他如嘴巴、眼睛、鼻子，甚至還有能控制身體的大腦，為什麼不利用這些器官來將軀幹上的覆蓋物移除呢？	文章中提到他們只有耳朵，不一定，他們也會有人體其他器官，也有可能頭飛出去就是為了找回其他器官。
推測型問題	當頭離了身體之後，身體和頭的感覺還有連結在一起嗎？	應該有，像是手掌被切掉之後，就變冰冷了，而剩下的部分還是有溫度的。

文組同學　C 組		
分析型問題	為什麼頭要飛出去，飛出去做了什麼事呢？	可能有良好的夜間視力，去欣賞夜景或搜索夜不歸宿的人並殺之成為消夜。
分析型問題	導致落頭民的頭沒接上去，就會死亡的原因是什麼？	能量儲存於身體，而頭有呼吸功能。在頭用完能量前，必須接回身體獲得能量。這也顯示了為何頭離開身體時氣息微弱，而身體的能量必須運用頭來控制，少了頭部，身體就成了無用的空殼。
推測型問題	如果頭不飛出去，落頭民們會怎麼樣？	是一種生命週期，必須運作，以維持正常機能。就如同人類需要睡眠和進食。
分析型問題	為何文字和圖畫所呈現出來的落頭民形象不同？	圖像與文字會帶給讀者不同的恐懼感。 畫圖者可能參考不同的文獻。
文組同學　D 組		
分析型問題	為什麼旁人看到頭掉下來時不覺怪異？此類故事為何時間設定都在夜晚或凌晨？	因為是志怪小說，所以，故事中的人物反應會跟現實有所不同。 晚上不容易被發現，有神秘感，較不容易被處理掉。
分析型問題	朱桓的反應有什麼不同？為何不同	朱桓一開始覺得可怕，但後來得知是不同民族，也就見怪不怪了。人對陌生未知經常容易感到恐懼。

分析型問題	這則故事透露出怎麼樣的身體觀？和現在有什麼不一樣？為什麼會不一樣？	不同民族可能有不同的身體組成？只要是人類，身體構造都一樣。不同血統仍是同一品種。因為科技進步，國際交流頻繁，所以產生變異的人類？！

　　上表有來自文組與理組的學生，合計有八個小組，從各組學生的「深度討論問答」記錄，可以發現，學生們普遍關注〈落頭民〉一文的合理與不合理之處為何，主要是在頭身分離這件事上，究竟如何發生？怎麼可能發生？故事裏的旁人又如何解讀頭身分離的事著眼，部分學生的作答傾向創意思考，提出的答案，不一定是認真思考，而是提出無厘頭、好笑的答案來對應提問。這個部分若用在對重要議題的思辯上，就稍嫌不莊重，思考深度亦不足，但用在涉及聯想的寫作，卻有其益處，愈是關注不合理的情節或是針對這些情節，並做進一步推測聯想，如推測頭離開身體後，會想做些什麼事？頭身分離會痛嗎？怎麼呼吸？能量如何傳遞等等就充滿想像空間。神怪故事的寫作原就是希望想像力張揚飛馳，使學生學習利用現實生活的素材加以改造、變化而產出原創的故事，因此，針對學生們提出的答案，教師在做歸納總結時，就是把討論中心拉回到現實、經驗、想像三點上，來引導思考，不合理的情節在神怪故事中的合理性，由此看見，頭身分離，是一種基於人類身體構造而來的想像或虛構，緊接著，會發生何種故事？故事將如何變化，學生也就在參與文本閱讀討論當中，開啟想像之翼，藉著討論的方式在改寫或重新詮釋故事。因此，「討論」對於啟發同學創意、有趣的聯想，是可行的方式，然而，在此同時，故事背後的文化理解亦即產出故事的文化脈絡為何？何種民族會具有這樣頭身分離的身體觀，雖然已有部分同學提出此一問題，但小組討論卻也未能就此提出較具深意的觀點或想法。因為文化觀察及神話產生的脈絡並非學生前置作業研讀可以發現的，所以當學生提出這個觀察點後，教師可以接著補充神話所以產生的基礎知

識，以此來輔助之後的神怪創作思考。整體而言，在此類討論情境中，課堂氛圍是愉悅而熱烈的，主因在於題材本身的不合理性所引發的聯想、疑問，好奇與探秘，本就是初民時代神話傳說所以產生的重要原因，而此類討論情境本就是以引起同學好奇、疑問而進入神怪故事寫作的創作氛圍爲主要目的。

　　上舉的深度討論問答記錄乃是接在聶璜《海錯圖》的討論之後，《海錯圖》之圖文本身就有從常見的海洋生物、罕見的海洋生物以至虛構的海洋生物的介紹，在當時的課堂討論中，我們已讓學生從文言文的閱讀當中發現從眞實存在到虛構想像的海洋生物乃是一彼此相互關聯的生物系譜。因之，在此課程的理解之上，學生們對於〈落頭民〉的討論亦是讓觀察與想像同步運思。能夠保留在紙上的，只是整體討論過程的隻言片語的紀錄，然而，此類天馬行空的思考與討論，在從第一週到第三週的課程規劃中，實已不知不覺地讓同學進入創作的討論情境。

4. 發想故事大綱

　　本週討論主題爲小組集思活動，主要是發想故事大綱。「討論引導」約爲 10 分鐘，教師先介紹臺灣在每年農曆三月份熱鬧的媽祖遶境活動，藉由投影片與講述讓學生認識日常生活可見的媽祖信仰與民俗活動。在此基礎上，教師接續講述臺灣各地關於媽祖的神蹟傳說，逐步引導學生進入故事討論情境。接著，「帶讀思考」約爲 10 分鐘，教師藉由講述地方傳說（嘉義縣六腳鄉蒜頭糖廠媽祖廟「媽祖收伏黑狗精」），引導學生針對此則地方傳說，重新發想故事大綱。

　　這是一則關於媽祖制伏黑狗精的故事，對於地方民眾而言，是媽祖神跡的一部分，被書寫於廟壁之上，當做一件事實來看待，它的故事結構簡單，大意是指黑狗精在糖廠作祟，媽祖出面制伏，地方回復安寧，其原文如下：

　　開工初期，機械故障，工人時常受傷，村民恐懼不安，紛至配天

宮懇求媽祖治妖魔。三媽聖像臨場作法，大顯神威，神妖交戰。最後，邪不勝正，將黑狗精骨頭取出後，放進油鍋，此後，工場運作始順利，村民病傷皆根除。本地員工及居民為感謝神恩，懇請廠方建廟供奉媽祖……在員工宿舍旁興建草廟一間，命名為副配天宮……故有會社媽與糖廠媽之稱。

簡單講述完這則故事後，我們讓學生藉由討論來發想故事的開始、中間、結束的故事大綱。

故事大綱發想 1	
開始	村裡有一戶人家的小孩失蹤，床邊遺留些許毛髮，居民困擾卻無解。（場景描寫）
中間	村莊內出現一位來自異地的女子，身後帶著兩個孩子，挨家挨戶地乞討，不斷被拒絕後，終於有一戶善心人家願意施捨，經了解後，原來他們正是孩子被抓走的人家。突然間，女子開始抽搐，癱坐在路旁的椅子上，此時，她的小孩說話了：甜粿、狗骨頭，強光一閃，三人便瞬間消失了，地上徒留一撮毛髮。（角色描寫、對話描寫）
結束	眾人把甜粿放在一個房間，晚上黑狗精果然出現，轟隆一聲，媽祖顯靈，眾人出現，抓到壞壞黑狗精，地方恢復平靜，人們為紀念媽祖為地方除害而建了媽祖廟。（行為描寫）
故事大綱發想 2	
開始	小黑的靈魂正看著自己的身體在油鍋裡炸，炸得只剩骨頭。（行為描寫）
	小黑看著面前的媽祖，心裡覺得哀怨，自己不過是報仇，為何要被如此對待？（心理描寫）
	媽祖懲罰完黑狗精，問小黑：你知道你哪裡做錯了嗎？（對話描寫）
	小黑開始講述自己做亂的原因。（行為描寫）

中間	小黑從小被遺棄，自從被現任的主人撿到後，就對照顧牠的主人和小主人心懷感激，對他們忠心耿耿，一家人過著幸福快樂的生活。 有一天，一雙在覓食的狼闖進屋子，小黑跟他奮戰一番，好不容易趕走了狼，自己也受了傷。但最重要的是，小主人也受了傷，傷口直流血，主人卻外出了。（行為描寫） 主人回來，小主人卻因失血過多而死，小黑在一旁不知如何是好，只能不斷哀鳴。（行為描寫） 主人看見小黑牙上的血，傷心欲絕，當場把它殺了，然後，丟到附近糖廠的荒野之地。（行為描寫）
結束	媽祖聽完，心中憐憫，決定讓小黑投胎轉世，下輩子就在配天宮當廟狗，協助媽祖，敬奉媽祖。
故事大綱發想 3	
開始	一位道士做法不成，窮困潦倒，轉而進入血汗工廠做工。 此工廠為一間寵物食品加工廠，時常濫捕野狗來當試驗者。 最近工廠經常發生意外，電線走火，工人被絞進機器。
中間	有一天，道士去上廁所時，發現馬桶堵塞，突然，一道強光射入，一隻狗靈現身，似乎和道士說些什麼。連續幾天夜裡，道士一直被惡夢驚醒，狗靈纏著他，過得心神不靈。（行為描寫） 道士有天走到海邊，不小心落海，為媽祖所救起。媽祖顯靈，告訴道士黑狗精的由來，原來黑狗精是媽祖前世養的狗。（行為描寫）
結束	媽祖決定幫助道士對付血汗工廠的老闆，就聯合道士收伏黑狗精，於是，附近居民就集資蓋了一間媽祖廟，來答謝媽祖為地方除害。

　　對於學生而言，除了具有創作熱忱或天賦者外，大部分人更常見的書寫經驗是因應考試、作業、求職所需而寫。事實上，書寫本身是深化思考、啟發創意的重要途徑。進入大學後，當國文課不再與考試升學相連，如何讓學生願意主動思考，練習將大腦的概念想法傳輸至筆下，並從中看見自身想法或概念中具有的創意與深度，便成為一項具挑戰性

的教學任務。而「自由書寫」的練習，便是本次寫作教學嘗試的切入途徑。馬克・李維（Marc Levy）《自由書寫術》指出，要善用大腦龐大的資訊和思緒，最好的方法就是「自由書寫」（freewriting），它是人們「運用身體的機械性動作來超越大腦的反應，刺激大腦發揮更大的效用」[11]，而「自由書寫」的六項要訣即是「輕鬆試」、「不停地快寫」、「設下時限」、「以思考的方式進行書寫」、「跟著腦袋的想法走」、「轉移注意焦點」[12]。本課程即在神怪敘事的範圍探究真實與虛構如何並存以及辨析「觀察」與「想像」在敘述原則上的同異，並利用「自由書寫」引導學生藉書寫意識到自我的思考亮點或盲點，而在六項要訣的彈性運用中展開創意思考。這些藉討論發想的故事大綱，多半只有粗略的輪廓，描述也很簡略，但是透過小組討論重說或重寫一遍的臺灣地方民間傳說，就會或隱或顯地意識到故事所以構成的元素。那麼，等到學生開始動筆寫作時，對於神怪故事的寫作便不會全無概念或是無從著手。這項發想故事大綱的練習，對於不諳寫作或對寫作不感興趣的學生提供一條路徑，讓他們能夠忘記自己是在創作，而只是和小組成員藉創意發想，重新製造或改寫一個有趣的故事。我們認為，此項寫作練習的重要目的為：讓多數學生願意參與到課堂，願意憑藉自己的觀察、經驗與想像去做自由的表達與書寫，而神怪故事從觀察、發想到實際完成一篇作品，把課堂的討論、觀察與聯想結合，亦是以此做為學生提昇表達與書寫能力的練習場域。

5. 小組討論與意見分享

　　深度討論教學法的核心精神在於讓學生藉小組討論形成自主與自動的思辨與表達。教師主要作為輔助者，引導討論持續進行。因之，小組討論與意見分享，會占去約莫 30-40 分鐘的時間，隨每次討論主題而

---

[11] 馬克・李維著，廖建容譯，《自由書寫術》（臺北：商周出版社：城邦文化事業，2011 年），頁 14。

[12] 同前注，頁 31-63。

變化調整。小組討論時，教師與課程助教可視情況，隨機加入各小組討論。需要注意的是，個別小組的討論，是否聚焦在當週的討論主題，或有離題或偏題，必須適度引導回討論主軸。然而討論課有趣的部分，正在於小組成員的討論，有時會出乎意料，或走向討論主題外的討論方向。這一點在實際的討論中，幾乎是無法避免的情況。我們認為只要能與當週討論主題相關，且仍然屬於有效刺激學生思考、靈感或新想法的方向，教師應給予適度的討論彈性，讓小組的討論繼續下去。

6. 總結歸納

　　教師需根據每週不同的討論主題，回顧並總結當週課程學習重點。以本次各週討論主題為例，第一週應點出「現實」、「經驗」與「想像」是創作的重要元素。第二週則引導同學看見聶璜如何「觀察」與「想像」海洋生物，並說明「想像」可由「觀察」延伸，而愈為人所不熟悉的生物，虛構的部分愈多愈自由，天馬行空，不受拘限。第三週則要引導同學對〈落頭民〉的「落頭」敘事展開多元思考，並辨析「現實」、「經驗」與「想像」的不同敘事段落如何共融於一文中。第四週則引導同學發想「媽祖大戰黑狗精」的故事大綱。

　　這類生物觀察或神怪主題的文本，接近學生的生活情境，無論是中學課程或相關動漫皆有類似的題材，對於學生而言，並非全然陌生的課題。然而有所閱讀與接觸，並不代表學生就能依此寫出類似的作品。由是，本次課程規劃即是引導學生從生活中看見故事，取材來源不離「現實」、「經驗」與「想像」。於是由生活開始，逐步將同學引入故事寫作的討論情境，以四至五週的時間，對於生物、神怪主題的文本，展開閱讀、思考、討論、發想，旨在積累學生構思寫作故事的資糧。經由上述課程之引導，同學對於生物觀察、神怪文本，應有一定熟悉度，同時也適度掌握「觀察」與「想像」之連繫性，而對於各類文本中涉及「現實」、「經驗」與「想像」的段落亦應有所區辨，並且記錄下自由書寫所發想的故事素材。至此，當同學於期中寫作，正式展開神怪故事創作

時，就不會全無思考方向或靈感，並可藉此討論基礎完成一篇以神怪為主題的自由書寫。

四、學習單

附件一
學習單設計說明：

　　對於特定主題或文本的深度理解，必然奠基於對文本的熟悉上。因之，課前預習與否，將會影響實際討論課程進行的流暢度與參與度。同學於每週進入討論主題前，對於文本應有基本的掌握與熟悉，以利課堂討論之進行，而個人之預習提問亦有助於更快進入小組討論情境。此一學習單需在上課前繳回給教師評閱，一方面可掌握同學對於提問之深廣度，一方面亦有助教師彈性調整上課方式與進度。

深度討論問題類型	
問題類型	定義
問題類型編碼	測試型問題 TQ、追問型問題 UP、分析型問題 AY、歸納型問題 GE、推測型問題 SQ、感受型問題 AF、連結型問題 CQ。
測試型問題 TQ （Test Question）	有固定或單一答案的問題。
追問型問題 UP （Uptake Question）	承續他人意見，接著問下去，帶出更多對話的問題。
感受型問題 AF （Affective Question）	閱讀文章後，連結個人生活經驗而提出問題。
推測型問題 SQ （Speculate Question）	閱讀文章後，閱讀思考各種可能性而提出問題。
歸納型問題 GE （Generalize Question）	與檢索、擷取文章內容有關的問題。

分析型問題 AY（Analysis Question）	帶有個人觀點，同時涉及組織推論文本相關資訊的問題。		
連結型問題 CQ（Connection Question）	將文本與既有知識、其他文本或上次討論進行連結而提出問題。		
課前閱讀文本	請分點描述或說明問題內容，並以代碼注明所提問題類型。		
《海錯圖》〈井魚〉	問題類型	提問內容	
		1.	
		2.	
		3.	
《搜神記》〈落頭民〉		1.	
		2.	
		3.	

附件二

學習單設計說明：

　　閱讀完《海錯圖》選讀篇章後，小組成員根據內容加以發想提問，討論的焦點為從「真實」、「罕見」到「虛構」的海洋生物敘述所存在的同異，反映出古人什麼樣的生物認識觀，小組討論應圍繞此一討論中心產生。除測試型問題外，其餘問題類型均可導向此端思考。因之，小組成員應就每一問題類型均嘗試做提問與回應，藉此亦能溫習或熟悉各項問題類型之定義與性質。藉由小組討論，同學可習得如何將觀察所得轉化為文字描述，並注意到觀察與想像之間的關聯性。

問題類型	定義	提問	回應
測試型問題 TQ Test Question	有固定或單一答案的問題。		

問題類型	定義	提問	回應
追問型問題 UP Uptake Question	承續他人意見，接著問下去，帶出更多對話的問題。		
感受型問題 AF Affective Question	閱讀文章後，連結個人生活經驗而提出問題。		
推測型問題 SQ Speculate Question	閱讀文章後，思考各種可能性而提出問題。		
歸納型問題 GE Generalize Question	與檢索、擷取文章內容有關的問題。		
分析型問題 AQ Analysis Question	帶有個人觀點，同時涉及組織推論文本相關資訊的問題。		
連結型問題 CQ Connection Question	將文本與既有知識、其他文本或上次討論進行連結而提出問題。		
測試型問題 TQ、追問型問題 UP、分析型問題 AY、歸納型問題 GE 推測型問題 SQ、感受型問題 AF、連結型問題 CQ			

附件三

學習單設計說明：

　　神怪故事經常融合現實、經驗、想像於一文。此一學習單即是，引導學生思辨〈落頭民〉中「落頭」敘事分屬「現實」、「經驗」與「想像」的敘事段落為何？其間的異同又為何？並由這些敘事段落進一步發想、提問與回

答。由於著重區辨異同，因之所提問題應具分析、歸納之思考導向，同學可聚焦於相關問題類型展開問答。藉由小組討論，同學可從中認識與學習神怪故事的重要構成元素及其書寫表達方式。

深度討論與故事設計	分析文章架構、情節安排、人物形象，尋找靈感，創作屬於你的原創故事！			
論題	讀〈落頭民〉，自「現實」、「經驗」、「想像」，任選一項提出問題。每位小組成員可擔任提問者，可擔任答題者，由組內成員自行協調分配。			
問題類型	定義	提問		回答
追問型問題	承續他人意見，接著問下去，帶出更多對話的問題。	提問者		回答者
分析型問題	帶有個人觀點，同時涉及組織推論文本相關資訊的問題。	提問者		回答者
歸納型問題	與檢索、擷取文章內容有關的問題。	提問者		回答者
推測型問題	閱讀文章後，思考各種可能性而提出問題。	提問者		回答者
感受型問題	閱讀文章後，連結個人生活經驗而提出問題。	提問者		回答者
連結型問題	將文本與既有知識、其他文本或上次討論進行連結而提出問題。	提問者		回答者

附件四

學習單設計說明：

　　此一學習單主要即是藉由討論與對話來激發同學的想像力與創造力，學生必須以嘉義蒜頭糖廠配天宮流傳的「媽祖收伏黑狗精」神蹟敘事為發想基礎，針對此則已有約略故事梗概之地方傳說重新改編，以團體集思的方式重述一則新的故事。此一活動屬於同學展開個人寫作前的想像力暖身活動，藉此自由無拘、活潑愉悅的討論氛圍來活絡同學的創意思考能力。

組別：　　　　　　　　　　　　成員：				
深度討論與故事設計	結構情節分析	根據題材，小組共同討論，編製故事大綱，設想各部分內容。內容組成可參考如下選項：1.角色描述、2.場景描述、3.行為描述、4.心理描述、5.場景描述、6.對話描述、7.自行增列項目		
		構思故事的「起因」、「經過」、「結尾」	內容所屬項目	發想者姓名
（團體集思　故事大綱發想）	起因	故事大綱發想：（列點說明，依序會寫些什麼？）		
	經過	故事大綱發想：（列點說明，依序會寫些什麼？）		

結尾	故事大綱發想：（列點說明，依序會寫些什麼？）			

五、教學效益評估

　　關於神怪故事寫作，如何觀察或怎麼展開想像，是動筆前最困難的部分。特別是對於不擅寫作或對寫作不感興趣的學生，尤其具有難度。如何在「討論」課程規劃中，引導學生看見「觀察」與「想像」的關聯性，是本次課程設計的重點。利用深度討論教學法展開神怪故事寫作教學具有以下三項效益：

㈠比起僅僅出一個作文題目，讓學生自由發揮，深度討論教學法能夠引導學生藉由課堂討論，從日常生活經驗出發，尋找故事材料創作神怪故事。

㈡藉由貼近生活的題材與有具體步驟的教學設計，可讓學生在著手寫作前藉由一連串循序漸進的課程來幫助自我培養觀察力與想像力，讓每個人都可以以自我的經驗向外延伸而完成創作。

㈢由於討論主題多與生活經驗相關或延伸，這一點可以讓更多學生有意願參與進課堂討論，可以憑藉自己的觀察、經驗與想像去做自由的表達與書寫。而神怪故事從觀察、發想到實際完成一篇作品，就是把課堂的討論、觀察與聯想結合，並在此中自然達成個別同學不同程度的表達與書寫能力的練習與深化。

Note

國家圖書館出版品預行編目資料

走進「深度討論」的國文課堂／黃子純、謝秀
卉主編. -- 初版. -- 臺北市：五南圖書出
版股份有限公司, 2020.10
　　面；　公分
　　ISBN 978-986-522-028-0（平裝）

1.國文科　2.語文教學　3.課程研究
4.高等教育

820.33　　　　　　　　　　109006962

1XGD 國文系列

走進「深度討論」的國文課堂

主　　編 ― 黃子純、謝秀卉

作　　者 ― 楊素梅、陳冠薇、陳守璽、謝嘉文、陳嘉琪、
　　　　　　林盈翔、林玉玫、林佩怡、吳翊良、許惠琪、
　　　　　　陳冠蓉、陳惠鈴（以上皆為國立臺灣師範大學
　　　　　　共同教育委員會國文教育組教師）

發 行 人 ― 楊榮川

總 經 理 ― 楊士清

總 編 輯 ― 楊秀麗

副總編輯 ― 黃惠娟

責任編輯 ― 范邵庭

校　　對 ― 周雪伶

封面設計 ― 王麗娟

出 版 者 ― 五南圖書出版股份有限公司

地　　址：106台北市大安區和平東路二段339號4樓

電　　話：(02)2705-5066　傳　　真：(02)2706-6100

網　　址：https://www.wunan.com.tw

電子郵件：wunan@wunan.com.tw

劃撥帳號：01068953

戶　　名：五南圖書出版股份有限公司

法律顧問　林勝安律師事務所　林勝安律師

出版日期　2020年10月初版一刷
　　　　　2021年 5 月初版三刷

定　　價　新臺幣420元

經典永恆·名著常在

五十週年的獻禮 —— 經典名著文庫

五南，五十年了，半個世紀，人生旅程的一大半，走過來了。
思索著，邁向百年的未來歷程，能為知識界、文化學術界作些什麼？
在速食文化的生態下，有什麼值得讓人雋永品味的？

歷代經典·當今名著，經過時間的洗禮，千錘百鍊，流傳至今，光芒耀人；
不僅使我們能領悟前人的智慧，同時也增深加廣我們思考的深度與視野。
我們決心投入巨資，有計畫的系統梳選，成立「經典名著文庫」，
希望收入古今中外思想性的、充滿睿智與獨見的經典、名著。
這是一項理想性的、永續性的巨大出版工程。
不在意讀者的眾寡，只考慮它的學術價值，力求完整展現先哲思想的軌跡；
為知識界開啟一片智慧之窗，營造一座百花綻放的世界文明公園，
任君遨遊、取菁吸蜜、嘉惠學子！